AF196455

Tucholsky Wagner Zola Scott Sydow Freud Schlegel
Turgenev Wallace Fonatne
Twain Walther von der Vogelweide Fouqué Friedrich II. von Preußen
Weber Freiligrath Frey
Fechner Fichte Weiße Rose von Fallersleben Kant Ernst Frommel
Richthofen
Hölderlin
Engels Fielding Eichendorff Tacitus Dumas
Fehrs Faber Flaubert
Eliasberg Ebner Eschenbach
Feuerbach Maximilian I. von Habsburg Fock Zweig
Ewald Eliot Vergil
Goethe Elisabeth von Österreich London
Mendelssohn Balzac Shakespeare Dostojewski Ganghofer
Lichtenberg Rathenau
Trackl Stevenson Doyle Gjellerup
Tolstoi Hambruch
Mommsen Lenz Droste-Hülshoff
Thoma Hanrieder
Dach von Arnim Hägele Hauff Humboldt
Verne
Karrillon Reuter Rousseau Hagen Hauptmann Gautier
Garschin
Damaschke Defoe Hebbel Baudelaire
Descartes
Hegel Kussmaul Herder
Wolfram von Eschenbach Dickens Schopenhauer
Darwin Melville Rilke George
Bronner Grimm Jerome
Campe Horváth Aristoteles Bebel Proust
Bismarck Vigny Barlach Voltaire Federer Herodot
Gengenbach Heine
Storm Casanova Tersteegen Gilm Grillparzer Georgy
Chamberlain Lessing Langbein Gryphius
Brentano Lafontaine
Strachwitz Claudius Schiller Kralik Iffland Sokrates
Bellamy Schilling
Katharina II. von Rußland Gerstäcker Raabe Gibbon Tschechow
Löns Hesse Hoffmann Gogol Wilde Gleim Vulpius
Luther Heym Hofmannsthal Klee Hölty Morgenstern
Roth Heyse Klopstock Goedicke
Luxemburg Puschkin Homer Kleist
La Roche Horaz Mörike Musil
Machiavelli Kierkegaard Kraft Kraus
Navarra Aurel Musset
Nestroy Marie de France Lamprecht Kind Kirchhoff Hugo Moltke
Laotse Ipsen Liebknecht
Nietzsche Nansen Ringelnatz
Marx Lassalle Gorki Klett
von Ossietzky Leibniz
May vom Stein Lawrence Irving
Petalozzi Knigge
Platon Pückler Michelangelo Kafka
Sachs Poe Liebermann Kock
de Sade Praetorius Mistral Zetkin Korolenko

Der Verlag tredition aus Hamburg veröffentlicht in der Reihe **TREDITION CLASSICS** Werke aus mehr als zwei Jahrtausenden. Diese waren zu einem Großteil vergriffen oder nur noch antiquarisch erhältlich.

Symbolfigur für **TREDITION CLASSICS** ist Johannes Gutenberg (1400 — 1468), der Erfinder des Buchdrucks mit Metalllettern und der Druckerpresse.

Mit der Buchreihe **TREDITION CLASSICS** verfolgt tredition das Ziel, tausende Klassiker der Weltliteratur verschiedener Sprachen wieder als gedruckte Bücher aufzulegen – und das weltweit!

Die Buchreihe dient zur Bewahrung der Literatur und Förderung der Kultur. Sie trägt so dazu bei, dass viele tausend Werke nicht in Vergessenheit geraten.

Die Psychologie der Erbtante

Eine Tanthologie aus 25 Einzeldarstellungen als Beitrag zur Lösung der Unsterblichkeits-Frage.

Erich Mühsam

Impressum

Autor: Erich Mühsam
Umschlagkonzept: toepferschumann, Berlin

Verlag: tredition GmbH, Hamburg
ISBN: 978-3-8424-9220-2
Printed in Germany

Einleitung

Nicht der Drang, in das Heer literarischer Erzeugnisse einen neuen Rekruten einzustellen, war die Anregung zu diesem Buche, sondern das unabweisbare Bedürfnis, einen Stein zu dem Bau zu fügen, an dessen Aufrichtung die Philosophen und Theologen, die Dichter und Denker seit Menschengedenken ihr Bestes gaben. Die Frage nach der Unsterblichkeit der Dinge und Menschen, deren Beantwortung man getrost die Erkenntnis als solche nennen dürfte, ist von so einschneidender Bedeutung für das wirtschaftliche, soziale, psychische und physische Leben des Individuums und der Völker – handelt sie doch im letzten Grunde von deren Sein oder Nichtsein –, daß ich glaubte, meine partiellen Beobachtungen auf diesem Gebiete, welche immerhin geeignet erscheinen, die Frage ihrer Lösung näher zu bringen, der Menschheit nicht vorenthalten zu sollen. Kein Geringerer als Gotthold Ephraim Lessing war es, der in einem seiner tiefgründigen Epigramme einen bemerkenswerten Beitrag zum Nachweis der Unsterblichkeit lieferte. Er singt von einem Jungfernstifte:

> Denkt, wie gesund die Luft, wie rein
> Sie um dies Jungfernstift muß sein;
> Seit Menschen sich besinnen,
> Starb keine Jungfer drinnen.

Aber weiß dieser Dichter nur den Insassen dieses einen Hauses die köstliche Eigenschaft der Unsterblichkeit nachzurühmen, so gehe ich einen gewaltigen Schritt weiter, indem ich im vorliegenden Buche den Nachweis liefere, daß es eine ganze Gattung von Menschen gibt, welche gefeit ist gegen Klappermanns Würgehand: *die Erbtanten*. Das Problem ist zu wichtig, seine Erörterung zu ernsthaft, als daß ich mich damit aufhalten könnte, in langstieliger Polemik meine Erforschung denen begreiflich zu machen, die in Skepsis und Nörgelsucht befangen ihre Ohren vor allem Ungewöhnlichen, Umwälzenden mit Watte zustopfen. Knapp und schlagend wie die Behauptung: Die Erbtante ist unsterblich! sei meine Beweisführung. An 25 Beispielen mag die Welt ermessen, ob meine Wahrnehmung bedeutungsvoll, ob meine Rückschlüsse berechtigt sind. Lang waren die Dispute, schwer die Erwägungen, in welcher Form und unter welcher Flagge meine epochemachende Entdeckung in die Welt hinaus sollte. Besonders der Titel des Buches bereitete mir viel Sorge und Kopfzerbrechen.

Psychologie oder Physiologie? – das war die Frage. Schon wollte ich mich für die letztere Bezeichnung entscheiden.

Denn ist nicht das Sterben und noch viel mehr das Nichtsterben ein physiologischer Vorgang? Jedoch die Erwägung, daß sich gerade bei der Erbtante des Nichtsterben viel eher als eine Charaktereigenschaft, als ein seelischer Defekt darstellt, behielt endlich die Oberhand, und die Aufzählung der 25 Beispielstanten gibt mir das Recht, mein Buch »Die Psychologie der Erbtante« zu nennen. Eine weitere Schwierigkeit trat bei der Anordnung der Tanten in den Weg. Sicher wäre es gerecht gewesen, die Damen der Anziennität nach aufmarschieren zu lassen. Aber erstens war es mir trotz aller ungescheuten Bemühungen nicht möglich, das Alter der meisten derselben mit Sicherheit festzustellen, dann auch wäre es wenig höflich und nicht gerade rücksichtsvoll gewesen, alte, längst vergessene und begrabene Eifersüchteleien dadurch wieder aufzurühren, daß ich hier vor aller Öffentlichkeit den Mangel an Jugendlichkeit bei einer Tante noch mehr hervortreten lassen sollte als bei der andern. Die alphabetische Reihenfolge allein dürfte mich vor Anfeindungen von allen Seiten sichern und eine objektive Würdigung der 25 Tatbestände ermöglichen.

Ich denke mit der Herausgabe dieses Buches einem tiefempfundenen Bedürfnis unserer Zeit, endlich Licht zu werfen in das Mysterium des Erbtanten-Erdenwallens, Rechnung zu tragen; ich denke all denen, die immer von neuem auf das Erblassen dieser oder jener Tante hoffen und sich immer von neuem über das Fehlschlagen ihrer Hoffnungen wundern, ein für alle Male den Star gestochen und nachgewiesen zu haben, wie töricht und unbedacht jener junge Mann handelte, der einst in einem Lokalblatte annoncierte: 3 gewöhnliche Tanten gegen eine Erbtante einzutauschen.

Allen gewöhnlichen Taten aber glaube ich dadurch zu ihrem guten Recht verholfen zu haben, daß ich sie als den Erbtanten gleichberechtigte Mitglieder der menschlichen Gesellschaft öffentlich anerkenne, jener Damen, welche ihr Titel zu einer wandelnden Vorspiegelung falscher Tatsachen stempelt.

Tante Amalia

Sie war im Grunde ihres Herzens eine gute Frau. Außerdem hatte sie viel – manche sagten: sehr viel – Geld und war mindestens 25 Jahre älter, als sie jedem erzählte, der es wissen wollte. Konnte es da wundernehmen, daß Tante Amalia von ihren Neffen – deren hatte sie drei: Hans, Ferdinand und Eberhard – und von ihren Nichten – vier an der Zahl: Charlotte, Anni, Else und Paula – vergöttert wurde?

Zu ihrem Vermögen war Tante Amalia erst gekommen, als sie schon längst Witwe war. Ihr Mann, Onkel Theodor, war ein braver Kürschner gewesen, der dadurch, daß er im Sommer Pelze wusch und gegen entsprechende Bezahlung in Verwahrung nahm und im Winter die elegante Welt mit neuen Wärmehüllen versah, sich und die trotz aller Bemühungen kinderlose Tante Amalia recht und schlecht ernährte. Zum letzten Weihnachten, das er erlebte, hatte er seiner teuren Ehehälfte ein Los einer Pferdelotterie geschenkt, und nachdem dies mit dem ersten Gewinn gezogen war und er noch die Freude gehabt hatte, den Verkauf des so in ihren Besitz geratenen Viergespanns für dreitausend Mark zu vermitteln, war er gestorben. Tante Amalia aber nahm von dem Geld so viel ab, wie sie zu seinem Begräbnis und zum Ankauf eines Viertel-Loses der sächsischen Staatslotterie brauchte, und legte das übrige auf Zinsen in die Bank der Firma Truggold & Co., eingetr. G.m.b.H.

Das sächsische Los kam wieder heraus, und Tante Amalia kaufte sich ein neues. Dieses Mal ein halbes Los in der thüringischen Lotterie. Auch das ward gezogen, und so ging es weiter. Sie spielte schließlich 26 ganze Staatslose der Lotterien deutscher Vaterländer, und ihr unerhörtes Glück setzte sie schon bald in den Stand, sich zur Ruhe zu setzen, von den Zinsen ihres gewonnen Vermögens, die ihr die Firma Truggold & Co., eingetr. G. m. b. H. monatlich auszahlte, zu leben und von der Eigenschaft einer gewöhnlichen Tante in die einer Erbtante ihrer drei Neffen und vier Nichten aufzurücken.

Diese sieben Erben hatten inzwischen eine Versicherung auf Gegenseitigkeit geschlossen, indem sie sich untereinander verlobten. Hans verlobte sich mit Paula, Ferdinand mit Anni, und Eberhard mit Else. Die älteste Nichte, Charlotte, aber blieb unverlobt. Sie sollte ihren Anteil an Tante Amalias Erbschaft für sich allein haben, um selbst eine glückliche Erbtante ihrer Neffen und Nichten zu werden.

Eines Abends saßen die sieben Erbschaftsaktionäre beisammen, und Charlotte las aus der Zeitung vor – unter »Lokales«. Plötzlich schrie sie auf. Da stand etwas Furchtbares: Der Inhaber des Bankhauses Truggold & Co., eingetr. G. m. b. H., Moses Truggold, war unter Hinterlassung eines Defizits von 6 Millionen Mark und unter Mitnahme einer jungen Zirkusdame ausgerückt. Die »Compagnie« hatte den Konkurs angemeldet.

Die sieben Erben stürzten entsetzt zu Tante Amalia, damit diese noch retten sollte, was zu retten war. Sie kamen zu spät.

Tante Amalia war keine Erbtante mehr. Sie saß auf einem Stuhle, den Oberkörper vorgeneigt, und auf ihrem Schoß lag das Zeitungsblatt mit der traurigen Botschaft vom Zusammenbruch der Firma Truggold & Co., eingetr. G. m. b. H.

Als aber die Neffen und Nichten sie mit Fragen bestürmten, erhielten sie keine Antwort. Tante Amalia war tot. Der Schlag hatte sie gerührt.

Die Versicherung der sieben auf Gegenseitigkeit löste sich auf. Charlotte aber gab die Hoffnung auf, durch Erbschaft selbst zur Erbtante zu werden. Sie verlegte sich daher, wie einstens die Verewigte, aufs Lotteriespielen.

Tante Berthchen

Jeden Nachmittag um 3 Uhr nahm Tante Berthchen die grüne Gießkanne vom Nagel, hing sich ihren roten türkischen Schal über und ging auf den Kirchhof, dem sie seit nunmehr 23 Jahren der Bequemlichkeit halber gegenüberwohnte. Dort bog sie in die fünfte Gräberreihe ein und setzte sich auf die Bank, die beim sechzehnten Hügel stand, unter dem seit 24 Jahren ihr Gatte, der pensionierte Steuererheber Biefke, ruhte.

Nachdem Tante Berthchen sich ein Tränlein aus der gelben Runzel gewischt hatte, die ihr von der Grube, welche einst Augenbraue hieß, bis zum Mundwinkel führte, entnahm sie der rechten Tasche ihres grauschwarzen Kleiderrocks einen Strickstrumpf, der linken eine Tüte mit Schokoladenplätzchen, spannte bei Regenwetter den violettpunktierten Regenschirm auf, den sie hierzu täglich auf der Bank liegen ließ, und begann zu stricken, zu lutschen und zu denken.

Ja, Tante Berthchen dachte, dachte viel und tief und hörte nicht auf zu denken, bis ihr die Augen zufielen und bis dann um Punkt 6 Uhr der alte Kirchhofsaufseher kam und sie weckte.

Worüber aber Tante Berthchen so tief und viel nachdachte, das war wichtig genug. Sie hatte nämlich im Laufe ihrer Witwenjahre ein Kapital von beinahe 30.000 Mark gespart und hatte bis jetzt noch immer kein Testament gemacht, obgleich sie schon ganz genau wußte, was mit dem Gelde geschehen sollte. 20.000 Mark sollte ihr einziger naher Anverwandter, ihr Neffe Emil bekommen, dem, wenn sie testamentlos sterben würde, der ganze Nachlaß zufiele. Aber das übrige sollte eine Biefke-Stiftung werden, aus der alle Steuern gezahlt werden sollten, die die Kundschaft des verewigten Steuererhebers Biefke alljährlich zu entrichten hatte. Zwar lebten ja nur noch wenige von denen, die der Selige dereinst regelmäßig erleichterte. Aber einer war darunter, der hatte ein so großes Einkommen, daß er jedes Jahr allein mehr als die 350 Mark an die Staatskasse abführte, die ihr Stiftungskapital Zinsen tragen würde. Wenn der tot wäre, dann würde es reichen, und Tante Berthchen beschloß daher, kein Testament zu machen, ehe nicht der Fabrikbesitzer Lehmeyer seine Augen zugemacht hätte. Da jedoch Herr

Lehmeyer erst 65 Jahre zählte und kräftig und rüstig war, während Tante Berthchen selber 79 Jahre zählte und vor Altersschwäche schon bedenklich mit den Kinnbacken wackelte, so sagten die Leute, die von ihrem Warten auf Herrn Lehmeyers Tod wußten, sie sei wunderlich. Ihr Neffe Emil aber schrieb in sein Tagebuch: »Ich habe jetzt als Comis bei Eduard Bindemann ein Einkommen von 3.000 Mark jährlich. Die brauche ich zum Leben. Wenn Tante Berthchen, wie sie beabsichtigt, mich in ihrem Testament mit 20.000Mk. bedenkt, so werfen diese 700 Mk. Zinsen außerdem ab. Dann könnte ich ein klein bißchen besser leben. Stirbt sie aber, ohne ein Testament gemacht zu haben, und ich erhalte die ganzen 30.000 Mark, so macht mich mein Chef zu seinem Kompagnon, und ich bekomme die Hälfte des Geschäftseinkommens. Damit kann ich heiraten.«

So rechnete Emil. Und da er gern heiraten wollte, so lag ihm sehr daran zu verhüten, daß Tante Berthchen nicht etwa doch noch ein Testament machte. Er kannte aber ihre Gewohnheiten, und auf diese Kenntnis baute er einen bösartigen Plan auf, zu dessen Ausführung er an einem regnerischen Herbsttage schritt. Am frühen Morgen begab er sich an das Grab Onkel Biefkes, ergriff Tante Berthchens violett-punktierten Regenschirm, der wie immer an der Bank lehnte, und schlich mit dieser Beute davon.

Mittags setzte ein feiner Dauerregen ein, und als Tante Berthchen am Nachmittag kam, wischte sie sich das obligate Tränlein aus der gelben Runzel, entnahm der rechten Tasche ihres Rockes den Strickstrumpf, der linken die Schokoladenplätzchen und wollte dann ihren Schirm aufspannen. Da sie ihn nicht fand, fiel sie vor Schreck um. Als man sie nach Haus gebracht hatte und zur Linken ihres Bettes der Pastor mit einem Gebetbuch, zur Rechten der Notar mit einem Protokoll saß, die sie schleunigst hatte rufen lassen, da dachte sie nur noch an ihr Testament. Aber sie hatte bei dem Schrecken über den gestohlenen Regenschirm einen Teil ihres Verstandes verloren, und als der Notar sie fragte, wer denn nun ihre Erbschaft antreten sollte, dachte sie nur daran, daß Emil nicht alles haben sollte, und hauchte nur: »Emil nicht!« – Mehr bekam sie trotz aller Mühe nicht heraus. Der Notar schrieb daher, daß Tante Berthchen ihren Neffen Emil enterbe, und da er nicht von ihr erfahren konnte, wer an seine Stelle treten sollte, und auch ihre Kräfte immer mehr abnahmen, ließ er sie darunter ihren Namen setzen, was ihr mit Hilfe des Pastors noch grade gelang.

Sie starb. Angesichts der Enterbung ihres einzigen Verwandten kam Vater Staat und strich wohlgefällig schmunzelnd die 30.000 Mark ein. Der böse Emil aber hatte das Nachsehen und den Regenschirm.

Tante Christine

Ich mußte es schon glauben, diesmal. Mein Freund Ernst Frohgesinnt war mir unter Tränen um den Hals gefallen, um es mir zu erzählen. Und ich freute mich, daß ich es ihm glauben durfte. Er war ein lieber Kerl, dem man ein bißchen Glück schon gönnen konnte, und Tante Christine war ein so braves, gutes altes Fräuleinchen, daß ich, wenn überhaupt schon einer, ihr zuallererst zutrauen konnte, meine Skepsis den Erbtanten gegenüber zu erschüttern.

Also es war kein Zweifel mehr. Tante Christine hatte Ernst Frohgesinnt, ihren einzigen Neffen und nächsten Verwandten zum Universalerben ihres ganzen Vermögens von 45.000 Mark eingesetzt; ja, sie war so gütig gewesen, um von der Vorfreude schon zu Lebzeiten etwas mitanzusehen, ihn ihr Testament lesen zu lassen.

Ernst war glückselig. Wir gingen den Abend zusammen in den Kaiserkeller und tranken ein Glas Wein nach dem andern auf das Wohl und das sanfte Ende Tante Christinens.

Und Ernst baute goldene Luftschlösser. Zunächst wollte er heiraten, sein kleines Lieschen, mit dem er schon drei Jahre verlobt war, dann wollte er seine Gedichte drucken lassen und dann eine Erholungsreise nach dem Süden machen, um seine kranken Lungen zu stärken. Wie er glühte vor Freude! Und wie die roten Flecken auf seinen Wangen sich über das ganze Gesicht ergossen, so daß es aussah, als ob der Wein sie einem ganz Gesunden aufgemalt hätte!... Am nächsten Tage besuchte ich Tante Christine. Ich hielt es für ratsam, als Freund ihres Neffen mich ab und zu bei ihr sehen zu lassen, und jetzt, wo ich von ihrem hochherzigen Testament wußte, drängte es mich ganz besonders, zu ihr zu gehen.

Ich hatte die alte Dame wirklich gern. Von allen Tanten, welche ich in meinem Leben kennenzulernen Gelegenheit hatte, war sie eine der sympathischsten. Sie hatte ein rundes, freundliches Gesicht und kluge gute Augen, die freudig aufleuchteten, wenn sie von ihrem Neffen Ernst Frohgesinnt sprach. Auch ich nannte sie Tantchen, die kleine, bewegliche Person, die man gern haben mußte, wenn man sie einmal kennengelernt hatte.

Sie trug stets ein schwarzseidenes Kleid mit wertvollen Tüllspitzen und darüber eine elegante schwarze Schürze, aus deren Tasche ein klirrender Schlüsselbund heraushing. Das graue Haar krönte ein blitzsauberes Häubchen, und die goldnen lang herabhängenden Ohrringe vervollständigten das Bild eines der lieben Tantchen, welche den jungen Mädchen in den biederdeutschen Romanen mit erfreulichem Ausgange zum Schluß zu dem einzig geliebten, aber mit aller Tücke Marlittscher Phantasie von hundert Intrigen festgehaltenen Mann verhelfen. Sie begrüßte mich lebhaft und herzlich, setzte mir auch ein Glas Wein vor und eine Cigarre – sie war auf jeden Besuch stets vorbereitet – und plauderte dann lustig drauflos. Von ihrer Kindheit und von Ihrer Brautzeit; ja, verlobt war sie auch gewesen mit einem schönen jungen Steuermann – wie oft hatte ich die Geschichte schon gehört! –, aber der war bei einem Schiffbruch ertrunken, drei Wochen vor dem Tage, an dem sie heiraten sollten, und seitdem trug sie Witwenkleider und widmete ihr Leben ganz der Erinnerung an den Verstorbenen.

Jetzt war sie natürlich längst über den tiefen Gram hinaus, der sie Jahrzehnte weltscheu und einsam gemacht hatte; jetzt erzählte sie heiter und anschaulich kleine Episoden aus ihren Glückstagen, und ich konnte ihr immer wieder zuhören: ihr ganzer Roman paßte so genau zu ihrer Erscheinung und ihrem Wesen, daß es nie ermüdete, wenn sie ihn erzählte.

Und dann kam sie auf Ernst zu sprechen. Ja, der hätte noch so etwas von ihrem Bräutigam – im Charakter und im Benehmen. Nur schade, daß seine Gesundheit schwach sei! Na, nach ihrem Tode würde er ja keine Sorgen mehr zu haben brauchen um das tägliche Brot, dann könne er sich hegen und pflegen. Daß sie ihm ja, wenn sie wollte, schon jetzt helfen konnte, darauf kam sie nicht, aber sie leuchtete ordentlich auf in dem stolzen Gefühl, daß sie es sei, die den armen Jungen einmal aus seiner ständigen Misere befreien würde. Jetzt habe sie ihr Testament vom Notar beglaubigen lassen, und nun könne sie getrost sterben. – – Es kam anders.

Eines Tages hatte Ernst Frohgesinnt einen Blutsturz, und eine Woche später war er tot. Tante Christine überlebte ihn nicht lange. Der Schmerz um den teuren Neffen warf sie nieder, nachdem sie vorher ihr Testament dahin geändert hatte, daß ihre Hinterlassenschaft zu einem Teile dem Tierschutzverein, zum anderen einer Bühnengenossenschaft zufiel. – Denn Tante Christine hatte sehr fürs Theater geschwärmt.

Tante Dorothea

Sie lag im Sterben

Endlich!

Siebenundachtzig Jahre ist eine lange Zeit für das Erdenwallen einer Jungfrau gebliebenen Dame. Und Tante Dorothea war siebenundachtzig Jahre alt.

Jetzt lag sie im Sterben.

Wer war vergnügter als ihr einziger Erbneffe Konrad?

Konrad kaufte einen Strauß Levkojen. Damit ging er an Tante Dorotheens Sterbebett. Sie japste noch als er ankam, und sah ihm mit dem Weißen, das von den Augen allein noch sichtbar war, wenn auch nur in einem dünnen Streifen, der rotunter- und -überlaufen war, liebevoll an.

Der gute Neffe nahm eine Stecknadel – er trug immer Stecknadeln unterm Westenkragen bei sich – und steckte damit den Levkojenstrauß an tante Dorotheens Hemd fest. Daß er die Nadel dabei auch durch die pergamentne gelbbraune Haut steckte, die darunter welkte, merkte weder er noch sie. Denn die Haut war nur lose gefaltet.

Tante Dorothea wollte mochmal Blumen riechen, obgleich sie sehr astmatisch war. Sie beugte also die Nase vor, die ohnehin ziemlich weit über die Bettdecke hing, und schnupperte an den Levkojen. Dann sank ihr Kopf zurück. Sie hatte vollendet.

Konrad drückte ihr die Augen ein und ging nach Hause. Abends legte er sich befriedigt schlafen. – –

Als Tante Dorothea begraben war, bekam Konrad von Gerichts wegen die Mitteilung, daß Tante Dorothea ihn zum Universalerben gemacht habe. Er möge sich balsgefälligst darüber äußern, ob er bereit sei, das Erbe anzutreten.

»Brave Erbtante!« grinste Neffe Konrad. Dann nahm er einen Bogen Konzeptpapier und gab darauf dem Gericht huldvoll seine Einwilligung zu erkennen, Tante Dorotheens Erbschaft baldgefälligst in Empfang zu nehmen. Abends ging er sehr befriedigt zur Ruhe. - - -

Die Sache kam dem armen Konrad sehr gelegen. Denn er saß scheußlich im Druck. Von allen Seiten wurde er bedrängt. Nun war er gerettet, denn Tante Dorotheens Vermögen war nicht klein. Allmählich träumte daher Neffe Konrad von dem Eintreffen des Geldes und ging allabendlich in froher Erwartung der Erfüllung des lieben Traumes überaus befriedigt schlafen.

So vergingen drei Wochen. Da kriegte Konrad einen Brief mit einem Amtssiegel, eine portopflichtige Dienstsache, für die er die verlangten zwanzig Pfennig freudig zitternd erlegte. Denn er war überzeugt, er werde darin eingeladen, Tante Dorotheens Hinterlassenschaft abzuholen, und dann hätte der Dalles ein für allemal ein Ende.

Armer Konrad! In dem Schreiben stand, daß Tante Dorothea zwar ein Vermögen von 80.000 Mark hinterlassen habe, daß sie jedoch seit 50 Jahren drei Viertel ihrer Steuern hinterzogen habe, die nachträglich von dem Gelde abgezogen würden, und daß außerdem die Erben – in diesem Falle: der Erbe – benachrichtigt würden, daß sie *pro anno* der Hinterziehung 1200 Mark Strafe zu zahlen hätten. mache in Summa 60.000 + 6% von 50 Jahren hindurch hinterzogenen 60.000 Mark an regulären Steuern, mache im Ganzen – die Zinseszinsen seien in Gnaden erlassen (wahrscheinlich war's dem Steuerbeamten zu schwierig gewesen sie zu berechnen):

Strafe   Mark 60.000

Nachzahlung 3600x50 = Mark 180.000

Mark 240.000

in Buchstaben: Mark Zweihundertundvierzigtausend, zahlbar binnen 8 Tagen.

Konrad sank in sich zusammen.»Pleite« schluchzte er.

Diesen Abend ging er nicht befriedigt ins Bett, sondern betrübt ins Wasser.

Tante Elfriede

Die Psychologie der Erbtante Elfriede machte mir viel Schwierigkeiten. Sie war ein Vollweib – leiblich uns seelisch. Eine Walkürenfigur, vor der ich eine Heidenangst hatte, denn ihre Arme waren kraftvoll wie hundertjährige Eichenäste und ihre Hände groß wie Suppenteller.

Und gerissen war Tante Elfriede. Es ist nicht zu sagen. Ich sehe sie noch vor mir, wie sie mit erhobenem Arm dastand und mir mit der mächtigen Stimme, die klang wie eine Posaune, in deren Tuba sich ein Butterbrot verirrt hat, ihre geheimsten Herzenswallungen verriet. Denn diese Herzenswallungen gingen aufs ganze Vermögen der Erbtante Elfriede. O ich Unglücklicher!

Tante Elfriede wurde krank, sehr krank, sterbenskrank. Der Arzt kam und ging dreimal am Tage. Ich wich nicht von ihrem Bett. Das war sehr gefährlich. Denn Tante Elfriede phantasierte viel. Dabei schlug sie mit den Fäusten um sich, schimpfte zum Gottserbarmen auf mich, der ich nur auf ihren Tod wartete, verriet, daß ihr Mann täglich von ihr Keile bekam, bis er starb, und strampelte mit den Beinen derart, daß ich mehrmals unter ihrer Decke Dinge zu sehen bekam, – Dinge, – – na!!

Einmal, als die Tante etwas ruhiger geworden war – ich hielt das für den Anfang vom Ende, nahm ich den Doktor beiseite: »Herr Doktor,« sagte ich »sagen Sie mir die volle Wahrheit! – Wird Tante Elfriede sterben?« Da sah mich der Doktor traurig an und räusperte sich und sagte: »Mein lieber junger Freund!« – Ich atmete hörbar auf. »Bereiten Sie sich auf das Schlimmste vor!« – Ich nahm seine Hand in die meine. »Ihre Frau Tante – –« er schluckte mehrmals und ich markierte einen tiefen Seufzer – »Ihre Frau Tante ist auf dem Wege«– ins Jenseits! sagte mein Inneres zu mir – – »– auf dem Wege zur Besserung.« Er schwieg. »Ich danke Ihnen,« sagte ich laut, »Schweinehund!« leise. Dann ging ich wieder ins Schlafzimmer zur Tante.

Sie blinzelte mich lauernd an, und mochte wohl auf meinem Gesicht die Enttäuschung lesen. Plötzlich erhob sie sich – furchtbar stand sie da auf dem Kissen. O Gott, ich mag gar nicht mehr daran denken, wie sie aussah. Ihre Beine waren behaart und ihr Hemd gräßlich kurz. Ihre Hände reckten sich zur Decke. Ihre Fäuste waren geballt. Ihr gewaltiger Busen wogte.

»Nichtswürdiger!« schrie sie. »Ich durchschaue dich! Aber warte, ich werde dir den Gefallen nicht tun. Ich werde gesund werden. In acht Tagen stehe ich auf. Aber an dir werde ich furchtbare Rache nehmen, du Heuchler! du Scheinheiliger! der – der – der – – Ich enterbe dich!« japste sie noch hervor. Dann sank sie erschöpft zurück.

»Ich enterbe dich!« Dies furchtbare Wort verfolgte mich in den nächsten 8 Tagen überallhin. Und richtig stand nach 8 Tagen Tante Elfriede auf.

»Ich enterbe dich; – ich enterbe dich!« Sie tat es.

Am nächsten Tage kriegte sie einen Rückfall und eine Woche später starb sie.

Pfui, Tante Elfriede, Pfui!

Tante Friederike

Viel war es ja nicht, was ich von Tante Friederike erben sollte. Immerhin aber war es das ganze Witwengeld von dem sie ihren zwar bescheidenen, aber doch auskömmlichen Unterhalt bestritt. So konnte für mich daraus jedenfalls eine angenehme Schweizreise oder einige Monate üppigen Lebens ersprießen.

Was aber die Hauptsache war: die Erbschaft war mir sicher – absolut sicher. Ich war ihr einziger näherer Verwandter, dazu der einzige, der sich in ihrer Witwen-Einsamkeit um sie bekümmerte, und der einzige, der jeden Sonnabendnachmittag bei gutem und bösem Wetter in ihrem traulichen Wohnzimmerchen neben ihr saß, um ihre neuesten Musenkinder aus der Taufe zu heben. Tante Friederike dichtete nämlich. Welche Tante, zumal wenn sie eine Erbtante ist, hätte keine Schwächen? Im Hinblick auf ihr Ende, das bei ihrer kränklichen Konstitution unmöglich lange mehr auf sich warten lassen konnte, ließ ich denn ihre Lyrik allwöchentlich unverdrossen über mich ergehen.

Die ersten Ergüsse, die ich von ihr vernahm – kurz nach dem Tode ihres Gatten, der sie übrigens zu Lebzeiten häufig geprügelt haben soll und der dann an den Folgen eines Bierabends zugrunde ging –, behandelten fast alle ihr junges Witwenleid, dessen Schmerz ihr ganz besonders nachts fühlbar zu sein schien.

Ich möchte nicht versäumen, um aus ihrer Kunst auf Tante Friederike selbst einen Rückschluß möglich zu machen, hier eine Probe aus jener Zeit folgen zu lassen:

> Streich' ich des Tags durch meine Klause,
> Dann suchen meine Blicke dich.
> Und warst du sonst schon meistens nicht zu Hause,
> Jetzt ist's mir vollends fürchterlich.
> Und geh' ich abends dann um zehne
> Alleine und betrübt zu Bette,
> Dann seufz' ich unter mancher Träne:
> O Heinrich, wenn ich dich doch hätte!

Ich mußte ihr genau meine Meinung sagen, was ich von ihren Gedichten hielt, und fand sie natürlich pflichtschuldigst sämtlich wunderbar tief und schön. Einmal riet ich ihr, sich doch auch einmal auf dem Gebiet zu versuchen, das die modernen Lyrikerinnen neuerdings mit soviel Begeisterung kultivierten: auf dem Gebiete der Erotik. »Siehst du, so was will das Publikum heutzutage lesen«, sagte ich zu ihr, »und einer jungen Frau, wie du bist, Tante Friederike, kann das doch unmöglich schwerfallen.« Als ich das nächste Mal zu ihr kam, las sie mir folgendes Poem vor:

»O, wie ist doch mein Herz zerrissen
So mitternachts.
Ich such' dich vergebens in meinen Kissen,
Ja, ja, ich dacht's.
Ich arme Witwe, vergehe vor Harme
Nach dir, mein Schatz.
O fand' ich endlich in meinem Arme
Für dich Ersatz.«

Sie war ganz hin, als sie es gelesen hatte, und ich bin überzeugt, daß es ehrlich gemeint war. Aber diese Art zu dichten griff sie zu sehr an, und bald starb sie. Bei der Testamentseröffnung stellte es sich heraus, daß sie tatsächlich mich zum Erben ihres ganzen Vermächtnisses eingesetzt hatte. Aber wer jetzt etwa glaubt, die Lehre von der Unsterblichkeit der Erbtante sei damit ad absurdum geführt, der irrt.

Tante Friederike hatte nämlich eine Bedingung gestellt. Ich sollte, damit die Nachwelt doch noch etwas von ihrer künstlerischen Tätigkeit erführe, ihre gesamte literarische Hinterlassenschaft, die sich in drei Kommoden und einem Kleiderschrank befand, in Druck geben. Ich tat nach ihrem Willen, und dabei ging nicht bloß die ganze Erbschaft darauf, sondern ich mußte auch noch aus meiner Tasche 123 Mark 75 Pf. zulegen. Dichtende Frauen sind mir seitdem ein Greuel.

Tante Gerta

Ich habe dich Gerte getauft, weil du so schlank bist,
Und weil mich Gott mit dir züchtigen will,
Und weil eine Sehnsucht in deinem Gang ist,
Wie in schmächtigen Pappeln im April.

Richard Dehmel

Man konnte Tante Gerta, obgleich sie bereits hoch in den achtunddreißigern war und gegen den Mann als Geschlechtswesen eine unüberwindliche Idiosynkrasie hegte, nicht eigentlich eine alte Jungfer nennen. Denn der Dehmelsche Vers, den ich mir als Motto über dieses Kapitel zu setzen erlaubt habe, paßt genau auf sie. Sie war schlank und lang, und eine Sehnsucht lag in ihren Augen, obgleich sie einen Kneifer darüber trug, und in ihrem Gang, obgleich sie große Schritte machte. Außerdem war sie durchaus nicht prüde – im Gegenteil, man durfte in ihrer Gegenwart über Dinge sprechen, die andre Damen schamentrüstet aus dem Zimmer gejagt hätten. Tante Gerta war ein sogenanntes »modernes Weib«. Sie war Frauenrechtlerin, dichtete, las die gewagtesten Bücher – außerdem aber auch die besten, und hatte die Eigentümlichkeit, alles das in Kunst und Literatur zu bevorzugen, was möglichst grotesk und eigenartig war. Dabei hatte sie eine ungeheure Vorliebe für schöne Frauenaktbilder und -statuen. Auf ihrem Schreibtisch standen Abgüsse der Venus von Milo und der mannnigfachsten klassischen Skulpturen. An den Wänden hingen Zeichnungen von Beardsley und Behmer, ferner Photographien schöner nackter Frauen. Tante Gertas gelesenste Bücher waren die von Oscar Wilde, Platen, Scheerbart – auch alte klassische Schriften, wie Platons Apologie usw.

Sie kleidete sich einfach und geschmackvoll, trug kein Korsett, aber weiße Wäsche, Stehkragen und Manschetten. Ihre Handschrift war überaus kräftig und von der eines Mannes nicht zu unterscheiden. Auch hatte sie eine schöne Waffensammlung. Ein Revolver lag stets auf ihrem Nachttisch.

Tante Gerta war reich; aber sie knauserte auch nicht mit ihren Ausgaben. Sah sie irgendwo ein gutes Buch, ein schönes Bild, das ihr Interesse erregte, so kaufte sie es. Ihr Verkehr mit den Verwandten war konventionell, herzlicher nur mit einem etwas jüngeren Neffen, Ludwig, der ihre Interessen teilte, aber mehr für männliche Kultur empfand, obwohl oder da er selbst ein ganz weiches Gesicht und ausgesprochen weibliche Eigenschaften hatte. Er war bei Tante Gerta und ihrer Gesellschafterin, Fräulein Hagedorn, häufig zu Gast.

Fräulein Hagedorn war die einzige Freundin Tante Gertas. Sie war stets in ihrer Begleitung. Sie war klein und zierlich, korpulent, hatte schwarzes, kurzes, gelocktes Haar, einen scharfgeschnittenen Mund und kluge, große braune Augen. Sie kleidete sich stets so wie Tante Gerta, so daß die beiden von Fremden oft für Schwestern gehalten wurden. Eines Tages gab es in der ganzen Stadt eine große Aufregung. Während Fräulein Hagedorn auf einige Tage verreist war, hörte man aus Tante Gertas Wohnung einen Schuß fallen. Man erbrach die Tür, und die Tante lag entseelt, den rauchenden Revolver in der Hand, am Boden. Man fand nur einen Brief vor »An die Herren Reporter«. Darin stand lakonisch: »Schreiben Sie nur: unglückliche Liebe!« Aha, sagten die Leute, Neffe Ludwig! – Denn daß die beiden miteinander was hatten, war den lieben Nachbarn ja lange klar.

Zur Testamentseröffnung war Neffe Ludwig gar nicht erschienen. Na ja, meinten die Leute, wenn einem seine Sache so sicher ist----

In dem Testament wurde Fräulein Hagedorn als alleinige Erbin des gesamten Nachlasses Tante Gertas bestimmt. Als sie das hörte, fiel sie schluchzend auf einen Fauteuil und schrie: O, mein guter, guter Gert! – Darüber wunderten sich alle sehr.

Als man aber dem Neffen Ludwig die letzte Bestimmung Tante Gertas erzählte, blieb er zu aller Überraschung ganz ruhig und sagte nur: »»Im Anfang war das Geschlecht, nichts außer ihm, alles in ihm‹, sagt Przybyczewski.« Die Leute schüttelten den Kopf, denn sie fanden, daß im Falle Tante Gertas das Gegenteil zu Tage trat. Doch fanden sie die Geistesverwirrung bei einem enterbten Neffen einer reichen Erbtante begreiflich.

Tante Henriette

Daß unter 25 Erbtanten auch eine Malerin ist, versteht sich von selbst. Die Malerin, die ich meine, ist Tante Henriette. Ihre Tätigkeit bestand ausschließlich im Malen und Schlafen. Häufig tat sie beides zugleich. Sie malte nicht nur Landschaften, männliche Akte, Blumen und andre Porträts, sondern sie malte sich auch selbst. Anders ist wenigstens ihre eigentümliche Gesichtsfarbe nicht zu erklären. Ihr Antlitz, aus dem sie Runzeln, die sich frech eindrängen wollten, geschickt fortretouchierte, schillerte in allen möglichen Farben. Vornehmlich konnte man Lila beobachten. Auch ihr Kleid war lila. Sie sagte, Lila sei ihre Leibfarbe. Ob das stimmte, hatte ich zu prüfen keine Gelegenheit.

Wie gesagt, Tante Henriette beschäftigte sich, wenn sie grade nicht malte, mit Schlafen. Ob sie ging, saß, stand oder lag – sie schlief immer. Und ihre Bilder erweckten in jedem Unparteiischen ohne weiteres den Anschein, als seien sie im Schlaf gemalt.

Ich beobachtete sie mal, als sie beim Malen einschlief. Ihr Pinsel lag fest auf der Leinwand, und da sie im Schlaf auf ihrem Stuhl immer hin und her schwankte, wie ein Blümlein, das der Wind bewegt, so machte der Pinsel diese Bewegung auf der Leinwand konstant mit und ließ breite Lila-Linien in horizontalen Kurven entstehen. Denn sie malte natürlich auch nur in Lila. Als Tante Henriette aufwachte, sah sie, daß ihr Bild fertig war, und sie erklärte mir die Lila-Streifen als kosmische Wanderungen. Sie hatte nämlich mal Scheerbarts »Wilde Jagd« gelesen, in der 10.000 unzufriedene Wurmgeister die merkwürdigsten kosmischen Wanderungen unternehmen – und Tante Henriette stellte sich eben kosmische Wanderungen lila vor. Denn sie konnte Scheerbart natürlich nicht verstehen, der ja für alte Tanten nicht schreibt.

Aber Tante Henriette tat, als ob sie ihn verstände, und zitierte ihn immerzu. So malte sie den kosmischen Wanderungen einen Hintergrund – auch lila. Denn sie fand, daß ihre Bilder anständig aussehen müßten, und bei Scheerbart steht doch: »Ja – ja – das Anständige muß auch seinen Hintergrund haben – sonst wird es gewöhnlich!« – Na, man weiß ja: wenn Malerinnen etwas auslegen – das ist furchtbar.

Kurzum: Deswegen kam ich um Tante Henriettens Erbschaft. Denn sie entrüstete sich mal mit ihren Auslegungen zu diesem Gedicht:

> Liebe Tante Henriette!
> Schlaf getrost in deinem Bette,
> Schlaf auch an der Staffelei.
> Mal von Grönland bis Manila
> Himmel, Meer und Berge lila –
> Aber Scheerbart nicht dabei!
> Nicht für Tanten sind die Welten,
> Malbeflissnen, schlafbeseelten –
> Die verstehn den Kosmos nie!
> Was ihr malt, verehrte Tanten,
> Ist in tausendlei Varianten
> Doch nur Weiberlethargie.

Auf dies Gedicht hin enterbte mich natürlich Tante Henriette. Ich freundete mich nun schnell mit Paul Scheerbart an, weil ich glaubte, er, dessen »Wilde Jagd« die gute Tante doch unausgesetzt im Schlaf verfolgte, würde an meine Stelle kommen. Aber weit gefehlt! Tante Henriette vermachte ihr Vermögen einem Herrn Bürger. Dieser war das Opfer einer Verwechslung. Denn Tante Henriette war es im Schlafe eingefallen, daß auch mal ein gewisser Bürger eine wilde Jagd geschrieben hatte, und so machte sie einen Lokomotivführer Bürger aus Rixdorf zu ihrem Universalerben. Sie sah eben alles lila.

Tante Julchen

Tante Julchen hatte mich sehr in ihr Herz geschlossen. Sie war die einzige aus der Verwandtschaft, die an meine literarischen Fähigkeiten glaubte und die nicht weniger stolz war, eine dichtenden Neffen zu besitzen.

Schon als ich Tertianer war, nahm sie sich meiner liebevoll an, ließ sich von mir die Gedichte vorlesen, in denen ich meine Lehrer schlecht machte, und schenkte mir hier und da zwanzig Pfennige, für die ich mir erst Schokolade, später Zigaretten kaufte – und an meinem fünfzehnten Geburtstage mich zum erstenmal rasieren ließ. Als ich dann größer wurde und sie mich durch die Zuwendung eines Nickels tödlich beleidigt hätte, pumpte ich sie häufig um größere Summen an, freilich meist mit dem Erfolg, daß sie mir bedauernd klar machte, ihr Geld liege irgendwo fest, und es sei ihr zur Zeit leider ganz unmöglich, auch nur über eine übrige Mark zu verfügen. Zweimal aber gab sie mir doch mit großer Feierlichkeit je 1 Mark 50 Pfennige. Das hat sich mir fest ins Gedächtnis eingeprägt.

Einmal, als ich sie wieder mit etwa zwölf neuen Gedichten überschüttet hatte und sie ganz hingerissen davon dasaß, schlug ich ihr vor, meine Werke auf ihre Kosten drucken zu lassen. Da sah sie mich blinzelnd von der Seite an und meinte: »Wenn ich mal tot bin, mein Junge. Dann sollst du hunderttausend Mark erben, und dann sollst du auch deine Gedichte drucken lassen.«

Ich war natürlich hochbeglückt, zumal, als sie in meiner Gegenwart diese letztwillige Bestimmung schriftlich niederlegte.

Ich hatte jetzt eine Erbtante, auf die hin ich Schulden über Schulden machte und die ich in begeisterten Hymnen ansang.

Tante Julchens Tod ließ lange auf sich warten. Aber endlich stellte sich doch die Altersschwäche bei ihr ein, und als sie fühlte, daß es mit ihr zu Ende ging, ließ sie mich an ihr Lager rufen.

Sie war schon sehr schwach, als sie meinen Kopf zwischen ihre dünnen Händchen nahm. Ihre Lippen bewegten sich, als wollte sie mir etwas Wichtiges sagen. Doch als sie es gar nicht herausbringen konnte, was sie auf dem Herzen hatte, zeigte sich mit schwachem

Lächeln nach ihrem Waschtische und stammelte »Schublade«. Dann schloß sie die Augen und hauchte ihre Seele aus.

Ich begab mich eilends an den Waschtisch und zog das Schubfach heraus, in dem ich einen Scheck auf die mir vermachten Hunderttausend Mark zu finden hoffte. Statt dessen lag aber darin ein Brief, der folgenden Wortlaut hatte und mit zitternder Hand geschrieben war: »Mein lieber Neffe! Ich danke Dir herzlich für all die Genüsse, die Du mir durch Deine Kunst bereitet hast. Leider ist es mir nicht möglich, deine Gedichte aus meinem Vermögen drucken zu lassen. Ich denke, Du wirst schon von selbst ein bedeutender Mann werden. Alles, was ich habe, liegt in meinem Geldschrank. Es sind 70 Mark. Nimm sie und laß mich dafür begraben. Das Papier aber, das ich ausschrieb als Testament und in dem ich Dich mit hunderttausend Mark bedacht habe, hebe auf als stete Erinnerung daran, daß Du einmal eine Tante hattest, die zwar kein Geld, aber ein gutes Herz und den guten Willen hatte, Dich so reich zu machen. Ich küsse Dich in Liebe. Deine Tante Julchen.«

Tante Julchen hat zu meinem Mißtrauen gegen die Erbtanten viel beigetragen.

Tante Kunigunde

Zwischen dem Studiosus juris Eugen Schmälzel und seiner Tante Kunigunde gab es einmal dieses Gespräch:

Tante Kunigunde: So kann es unmöglich weitergehen, lieber Eugen. Diesmal will ich dir noch das Strafmandat bezahlen, weil du nun einmal der Sohn meines Brüderchens bist. Aber es ist das letzte Mal. Merk dir's!

Eugen: Aber, Tantchen, du hast doch auch gar keinen Humor. Sag doch selbst, war der Witz nicht famos und die fünf Mark wert, die Laterne auszudrehen, als grad die Kleine drunter stand und den Brief vom Liebsten las?

Tante Kunigunde: Nein, offen gestanden, der Witz gefällt mir gar nicht. Wer weiß, wie lange sich das Mädchen auf diesen Brief gefreut hatte, und endlich, wo sie ihn nun lesen durfte, zerstörst du ihr die schöne Stimmung.

Eugen: Ach was, Stimmung! Wie kann man nur so philiströs denken! Stimmungen haben Menschen, denen der Humor fehlt. Und du solltest doch zuallererst Humor haben.

Tante Kunigunde: Wieso ich?

Eugen: Na, ich meine man, wegen deinem ulkigen Namen.

Tante Kunigunde: Eugen, ich verbitte mir –

Eugen: Da sehen wir ja wieder, wie dir aller Witz fehlt!

Tante Kunigunde (nach einiger Überlegung): Du hast recht, lieber Neffe. Ich heiße Kunigunde, und ich will diesem Namen Ehre machen. Wenn ich einmal sterbe, dann will ich in meinem Testament den besten Witz machen, der je einer Erbtante beigekommen ist.

Eugen: O ja, Tantchen. Wieviel lieber will ich das Universal-Erbe antreten, wenn es mir in recht humoristischer Weise kredenzt wird. Mir wird sein, als ob du selbst, wenn ich das erste Glas auf deine sanfte Ruhe leeren werde, dazu Prost! sagen würdest.

Tante Kunigunde: Nun geh, mein Junge! – Laß mich allein. Ich will mein Testament aufsetzen.

Eugen (sie umarmend): Tante! Du bist göttlich! Mit dir hat sich der liebe Gott einen entzückenden Witz geleistet. (Ab.)

Tante Kunigunde: Na, warte –

Eindreiviertel Jahr später ging Tante Kunigunde heim. Neffe Eugen zog spornstreichs zum Gericht zur Testamentseröffnung. Er glaubte, die witzige Tante würde ihm die 100.000 Mark der Erbschaft in blanken Talern auszahlen lassen oder sie habe ihren letzten Willen in fünffüßigen Jamben niedergelegt.

Tante Kunigundes Witz war aber ein boshafter. Eugen Schmälzel ward enterbt. Ob das nicht ein köstlicher Witz sei? Aus einer Stimmung werde er ja nicht gerissen, da humoristisch angehauchte Leute ja nicht an Stimmungen zu leiden pflegen. Statt seiner solle das gesamte Vermögen zur Gründung eines neuen Witzblatts »Tante Kunigunde« Verwendung finden. Eugen solle Redakteur werden mit 1200 Mark Gehalt.[im Jahr (D. V.)]

Eugen verzichtete aber auf diesen Posten. Ihm war der Humor vergangen.

Tante Ludovika

Es gibt Menschen, die alles Schmerzliche peinlich empfinden. Zu diesen Menschen gehöre ich. Es gibt auch Menschen, die von allem, was sie schmerzt, sehr angenehm berührt werden. Zu diesen Menschen gehörte Tante Ludovika. Deshalb war sie für Psychologen ein interessanter Fall und man nannte sie eine Masochistin.

Würde ich zu Kindern sprechen, so würde ich den Masochismus so erklären: Masochist ist, wenn man ganz artig war und doch Keile kriegt. Da ich aber zu Erwachsenen spreche, sage ich: Masochist ist, wenn man Dolorosa liest. Dolorosa aber ist eine Dame, die Gedichte macht, die masochistisch sind, weil sich Liebe auf Hiebe reimt.

Tante Ludovika also war Masochistin, las Dolorosa, wurde katholisch, kasteite sich und sehnte den Tag herbei, wo ein Mann käme, der ihr diese Übung liebevoll abnähme.

Tante Ludovika aber hatte einen Neffen, wie ja Tanten meist einen oder mehrere Neffen zu haben pflegen, sofern es keine Nichten sind. Dieser Neffe hieß Otto.

Otto war aber nicht sehr gebildet. Er kannte weder die Schriften Dr. Veriphantors über Flagellantismus, noch Krafft-Ebings über *psychopathia sexualis*, noch meine über Homosexualität. So hielt er Tante Ludovikas Vorliebe für Doloröschens Gedichte einfach für eine künstlerische Verirrung, und schenkte der guten Tante Gedichtbücher, die er für geeigneter hielt, besonders die von Margarete Beutler, der ich in Treue und Freundschaft die zuzueignen mir erlaubt habe. Denn, gestehe ich es nur – beinahe stände hier eine »Tante Lene« aus ihrer Feder, die schon geschrieben war, aber mir aus Zerstreutheit oder anderen Gründen nicht rechtzeitig zuging.

Eines Abends ging Otto zu Tante Ludovika, um zu sehen, ob sie nicht bald infolge ihrer gräßlichen Lektüre mit Tode abginge. Denn eine Erbtante sterben sehen, ist selbst für einen so guten Menschen, wie Neffe Otto war, ein erhebender Anblick, – und im Grunde sagte er sich ja selbst, daß er gar nicht in seinem eigenen Interesse handelte, indem er Tante Ludovika bessere Gedichte zu lesen empfahl. Aber er war eben ein sehr guter Mensch.

Also Otto besuchte eines Abends Tante Ludovika. Als er vor der Türe stand und klopfte, hörte er innen etwas wimmern. Hoffnungsvoll entsetzt stürzte er ins Zimmer. Ihm bot sich ein gräßlicher Anblick. Splitternackt, die welken Brüste nur bedeckt mit einer dünnen grauen Haarsträhne, die ihr übers Ohr herabhing, lag die bejammernswerte Dame auf ihrer Chaiselongue. Vor ihr stand in heraufgestreiften Hemdsärmeln ein alter Mann, der mit zitternder Hand eine Peitsche über Tante Ludovikas Rücken zu schwingen versuchte. Es war ein Versuch mit untauglichen Mitteln. Denn die schwachen Ärmchen des Alten vermochten die schwere Peitsche kaum hochzuheben, und beim Niedersausen traf er stets nur die Rückenlehne des Ruhebetts. Nichtsdestoweniger wimmerte Tante Ludovika jämmerlich.

Otto war, wie gesagt, sehr ungebildet. Er wußte nicht, daß der alte Mann die gute Tante, die zum ersten Male in ihrem lenzereichen Leben einen Liebhaber per Annonce gefunden hatte, nur aus sadistischer Liebe zu prügeln versuchte. Sadist aber ist, wenn man einen Masochisten – siehe oben – verhaut.

Natürlich regte sich in Otto sofort der gute Mensch und der liebende Neffe. Er zog sein Taschenmesser heraus und durchbohrte den alten Herrn mit einem siegreichen Aufschrei durch die Brust. Der Greis aber sank spiralenförmig in sich zusammen, ließ sein spritzendes Herzblut segnend über den nackten gelben Rücken der Tante quellen, röchelte noch: »Ludovikchen, ich liebe dich!« – und verschied –

Daß Tante ludovikas nackter Leib sich nunmehr über die Leiche des Geliebten warf und sein Blut mit ihren Tränen mischte, und daß Otto mit dem bluttriefenden Taschenmesser in der erhobenen Hand mit Rettermiene dabeistand, versteht sich von selbst. Ebenso, daß Tante Ludovika nach den liebreichen Schmerzensergüssen über dem Leichnam des Liebhabers und nach den Flüchen auf den Mörder ihres späten Glücks nach der Polizei rief. Ferner, daß man den toten alten mann ins Leichenschauhaus, Otto ins Gefängnis und Tante Ludovika ins Irrenhaus warf. Auch das ist selbstverständlich, daß die Tochter des Getöteten – er hatte nämlich in jüngeren Jahren, ehe er Sadist wurde, mal eine natürliche Tochter gezeugt – auf Schadensersatz klagte, und daß sie auf diese Weise ihren Beruf einer Straßenschönheit mit dem einer mitgiftbegabten Ehefrau vertauschen konnte, denn ihr fiel Tante Ludovikas ganzes Vermögen zu. Daß Tante Ludovika selbst bald im Irrenhause an Gemüts- und Geisteskrankheit starb, sei nur nebenher erwähnt. Durch die Schadenersatzklage der Tochter des Geliebten hatte sie ja auch ohne ihre ausdrückliche Enterbungsbestimmung dem Neffen Otto nichts mehr zu hinterlassen – und wenn Otto etwas von ihr bekommen hätte, so wäre ja diese Geschichte für dieses Buch absolut wertlos. So hat denn der traurige Ausgang unserer Erzählung doch seine gute Seite.

Tante Miriam

Ich bin den Geschwistern Florian und Adele Listig aufrichtig dankbar, daß sie Tante Miriams Absicht, ihren leiblichen Neffen Max, Florians und Adelens Vetter, zum Erben ihres gesamten Eigentums zu machen, hintertrieben. Hätten sie es nämlich nicht getan, so wäre meine Lehre widerlegt gewesen.

Max war ein guter Junge, und er liebte seine Tante ehrlich. Ein Unglück war, daß er nicht am gleichen Ort wohnte, sondern eine Tagereise davon. Würde er wie Florian und Adele in derselben Stadt, ja in derselben Straße gewohnt haben wie sie, dann würde er nicht um die schöne Erbschaft gekommen sein, auf deren Drittel er so bestimmt gerechnet hatte.

Daß Florian und Adele ihre Tante Miriam liebten, konnte man nicht behaupten. Immerhin aber besuchten sie sie häufig, erkundigten sich nach ihrem Wohlergehen und taten auch sonst alles, was erbschleicherische Neffen und Nichten dem Besitz einer Erbtante zuliebe zu tun pflegen. Tante Miriam aber hatte ein offenes Auge – das andre hatte sie sich mal mit einer Stricknadel ausgestoßen –, und so wußte sie zwischen ihren Bruderkindern Florian und Adele und ihrem Schwestersohn Max wohl zu unterscheiden.

Darum verfügte sie in ihrem letzten Willen, daß Max ihr Universalerbe sein solle, sofern er, der gut katholisch war, am Tage ihres Begräbnisses bereits zu ihrem –mosaischen – Glauben übergetreten sei.

Sie starb – urplötzlich an einem Schreck, den ihr Florian und Adele in mörderischer Absicht eines Tages einjagten, indem sie mit einem im Chor gesprochenen »hep, hep« zu ihr ins Zimmer traten.

Noch ehe Tante Miriams Leiche einen Sarg erhalten hatte, gingen die Bösen ans Gericht und ließen erbschaftslüstern das Testament öffnen. Da hatten sie nun die Bescherung. – Ätsch!

Daß, wo sie nichts bekamen, auch ihr bevorzugter Vetter Max leer ausgehen mußte, war für die beiden klar. Aber wie ihn darum betrügen?

Den Tod der Tante verheimlichen konnten sie nicht, den würde er sicher gleich von andrer Seite erfahren. Von der Bestimmung nichts schreiben, ging auch nicht an. Denn sie wußten, daß Tante Miriam oft in Max' Gegenwart davon gesprochen hatte, daß sie dem Erben für das Begräbnis Bedingungen stellen würde. Er würde also fragen. Da kam Florian auf einen gescheiten Gedanken. Er schrieb Max einen verwandtschaftlich gehaltenen Beileids- und Glückwunschbrief, in dem er Tante Miriams Verfügung mitteilte, aber dahin änderte, daß der Übertritt zum Judentum nicht bis zum, sondern am Tage des Begräbnisses zu erfolgen habe. Als Tag des Begräbnisses, schrieb er, sei der nächste Sonnabend, früh 8 Uhr festgesetzt. Donnerstag abend erhielt Max das Schreiben. »Aha«, dachte er, »ihr meint, bis morgen um 8 Uhr ist das nicht zu machen. Wo steht denn: vor dem Begräbnis? Am Tage des Begräbnisses heißt doch: bis zum Abend!« Er kaufte sich also zwei Trauerflore, band einen um seinen Cylinder, den andern um den linken Ärmel und fuhr zur Trauerfeier.

Sonnabend früh fand die Beerdigung pünktlich statt, und sie war sehr feierlich.

»Nun«, fragte nachher Florian seinen Vetter, »alles erledigt?«

»Noch nicht«, erwiderte dieser mit schmerzlich-bewegter Stimme. »Ich werde jetzt zum Rabbiner gehen.« Wenn er aber geglaubt hatte, Florian und Adele würden protestieren, so irrte er.

Sie gaben ihm freundlich darin recht, daß der Begräbnistag bis zum Abend dauere, und wünschten ihm viel Vergnügen zur Beschneidung.

»Ich habe sie doch verkannt«, murmelte Max, als er zur nächsten Synagoge eilte. – – –

»Wo haißt?« kreischte der Rabbiner Israel Hersch, als ihm Max sein Anliegen vorgetragen hatte, »an Schabbes beschneiden? – Sind Se meschugge? Sind Se betorre? – Alle meine Ssores in Ihren Hals, wenn ich Se soll beschneiden an Schabbes ßu Gesund! – Kommen Se wieder, wenn nich is Jontef!« –

Florian und Adele Listig saßen schmierig lächelnd am Fenster, als Max betrübt daran vorbeischlich. Der aber verklagte seine Onkelkinder wegen Vorspiegelung falscher Tatsachen, was ihm ein tüchtiges Stück Geld für Gerichtskosten wegschwemmte, denn die beiden, die allerdings zu einem Verweis verurteilt wurden, hatten nichts, und die Bedingung der Tante war nun einmal nicht erfüllt. – –

Max verzichtete daher auf allen Tantenglauben und wurde antisemitischer Reichstagsabgeordneter.

Tante Nanny

Nie war mir eine Tante unsympathischer als Tante Nanny. Schon ihr Äußeres: Sie war baumlang, hatte spärliches graues Haar, eine widerwärtig lange, fühlhornartig bewegliche Nase und ein Organ, das an das Kreischen und Schnauben einer Dampfpfeife erinnerte.

In ihrer Umgebung war es nicht auszuhalten. Ihre Dienstmädchen wechselten wöchentlich, von den Verwandten war ich der einzige, der sie mitunter besuchte;und ich tat dies auch nur in der Erwägung, daß ältliche Damen nicht ewig zu leben pflegen, und daß das Vermögen der alleinstehenden Tante, sofern ich sie nicht vernachlässigte, jawohl mir zufallen würde.

Tante Nannys Lieblingsbeschäftigung war, mir moralische Lehren zu geben, eine Erziehungsmethode, die sie in der Weise ausübte, daß sie über alle die Menschen, von denen sie mal etwas gehört, gelesen, geträumt oder gedacht hatte, was mit den Prinzipien ihrer Alte-Tantehaftigkeit nicht ganz vereinbar schien, in gar nicht wiederzugebenden Ausdrücken schimpfte. Sie selbst mußte wohl sehr mit sich zufrieden sein. Denn sie rühmte ihren gesitteten Lebenswandel bei jeder Gelegenheit, indem sie ihr Bläffen aus dem Hinterhalt »stille Zurückgezogenheit« und ihren schmutzigen Geiz »kluges Maßhalten« nannte.

Über Tante Nannys Vergangenheit wußte kein Mensch etwas genaues. Nicht einmal das stand fest, ob sich infolge ihrer Scheusäligkeit trotz ihrer reichen Mittel nie ein Mann für sie erwärmt habe, oder ob irgendein Unglücklicher, den traurige Vermögensverhältnisse zu einem Verzweiflungsschritt getrieben haben mochten, einmal auf diese Weise Selbstmord verübt habe, daß er sich durch eine Ehe mit Tante Nanny in die Gruft ekeln ließ. Weder Frau noch Fräulein durfte man zu der Tante sagen. Sie wünschte »Gnädigste« genannt zu werden, was ja den verschiedensten Deutungen Raum gab.

Es war ein Glück, daß Tante Nannys Tod nicht allzulange auf sich warten ließ. Unter dem Fenster ihres Schlafzimmers stand nämlich eine Bank, beschattet von einem prächtigen alten Lindenbaum. Auf dieser Bank nun hatte in einer warmen Frühjahrsnacht ein Jüngling einer Jungfrau seine Liebe gestanden, und die Küsse und Zärtlichkeiten der beiden jungen glücklichen Menschenkinder hatten Tante Nannys Nachtruhe gestört. Zwar hatte sie sogleich das Fenster geöffnet und ein selbst für sittsame alte Tanten unentbehrliches Geschirr wutentbrannt auf die Nichtsahnenden entleert; aber die sittliche Entrüstung, vielleicht auch der Neid und sicher eine Erkältung, die sie sich beim Fensteröffnen zuzog, warfen sie aufs Krankenlager, auf dem sie unter meinem treuverwandschaftlichen Beistande binnen wenigen Tagen sanft verschied.

Ich ließ sie so schnell wie möglich einbuddeln, weil mir der Anblick ihrer Leiche fast noch widerlicher war, wie der ihrer Gestalt bei Lebzeiten, und suchte nach ihrem Testament. Sie hatte keins hinterlassen, und da kein näherer Verwandter da war, machte ich sogleich beim Gericht meine Erbansprüche geltend.

Aber was geschah? Eines Tages erschien bei mir ein älterer Herr, der sich mir als Gemahl der verewigten Tante Nanny vorstellte, und der vor 27 Jahren nach etwa 14tägiger Ehe das Weite gesucht hatte. Da der Herr nachweisen konnte, daß Tante Nanny wirklich seine Gattin gewesen war, und daß er so vernünftig gewesen war, sich nicht von ihr scheiden zu lassen, strich er vergnügt den ganzen Nachlaß ein, nicht ohne mir beileidsvoll die Hand geschüttelt zu haben.

Die Stunden, die ich in Tante Nannys Gesellschaft in ihren gesunden Tagen und an ihrem Krankenbett zugebracht habe, waren die verlorensten meines Lebens.

Tante Olly

Viktor Eberhard Dachreiter war in Tante Ollys Testament zum Universalerben bestimmt worden und trat tatsächlich in die Rechte eines solchen ein, indem er das sehr stattliche Vermögen der Dame Olga Weidenbaum, verschieden am 27. Oktober 19.., in Besitz nahm.

Als ich das hörte, war ich geknickt. Schon bei der Nachricht, daß Tante Olly sich aus unbekannten Gründen erhängt habe, fühlte ich den Erbtanten-Grund, auf dem sich doch mein Ruhm für die Unsterblichkeit aufbauen soll, unter mir schwanken. Aber ich hoffte noch, daß sich auch hier, wie schon so oft, ein Wunder hilfreich ins Mittel legen werde, um das Furchtbare zu verhüten. Umsonst. Viktor Eberhard Dachreiter war Tante Ollys Erbe.

Und doch – durfte ich daraufhin glauben, daß meine Lehre einen Riß bekommen habe? – Durfte ich mich dem zwar schönen, aber doch schon etwas verbrauchten Satz trösten: Keine Regel ohne Ausnahme? – Ich durfte es nicht. ich dachte, grübelte, forschte. DIe Sache mußte ihren Haken haben.

Ich fand den Haken. es war derselbe, an dem Tante Olly aus unbekannten Gründen ihrem Dasein ein Ende gemacht hatte.

Wenn die unbekannten Gründe keine unbekannten Gründe mehr sind – so sagte ich mir – dann sind es bekannte Gründe, und auf bekannten Gründen baut man besser als auf unbekannten. Es galt meine Erbtanten-Lehre zu retten. Da durfte keine Mühe gescheut werden, da heiligte der Zweck jedes Mittel: ich mußte den Gründen auf den Grund kommen.

Ich brach also mit Hilfe eines Dietrichs nächtlicherweile in Tante Ollys verflossene Wohnung ein, und durchstöberte alles, was noch an ihre Lebzeiten gemahnte.

An materiellen Schätzen war mir nichts gelegen – mein Einbruch hatte ideale Motive – und so steckte ich nur einen Hundertmarkschein ein, den ich zufällig unter ihren Briefschaften fand, und der mir für meine weiteren Forschungen vielleicht von Nutzen sein konnte. Gott sei Dank! ich konnte ihn als Lohn für meine Bemühungen ungeteilt behalten. Denn ich fand unter den Briefschaften außerdem folgendes:

1. eine Anzeige diesen Inhalts:

Als Verlobte empfehlen sich
Marianne Liebenstern
Konrad Leo Dachreiter, Rittmeister a.D.

2. einen Geburtsschein vom 7. Mai 18.., in dem der unverehelichten Olga Weidenbaum die Entbindung von einem Knaben amtlich bestätigt wird

3. ein Protokoll, in dem festgestellt wird, daß der Oberleutnant Konrad Leo Dachreiter den am 7. Mai 18.. der unverehelichten Olga Weidenbaum geborenen Sohn Viktor Eberhard als von ihm stammend anerkennt, und in dem fernerhin besagtem Sohn für Lebenszeit die Erlaubnis erteilt wird, den Familiennamen seines Vaters zu führen

4. etliche Briefe, in denen der Oberleutnant, dann Rittmeister, dann Rittmeister a. D: Konrad Leo Dachreiter seiner »geliebten Olly« die Ehe verspricht

5. etliche Briefe meines Freundes, des beneideten Erbneffen Viktor Eberhard Dachreiter an Fräulein Olga Weidenbaum mit der Überschrift: »Liebe Tante Mama!«

Aha! dachte ich nur, als ich den Punkt 1 mit dem Punkt 4 verglich und nach dem Haken schielte, an dem Tante Olly ihrem Leben ein Ende gemacht hatte.

Meine Theorie war wieder einmal gerettet.

Tante Paula

Die Hauptperson dieses Kapitels unsrer Lehre ist nicht Tante Paula selbst, sondern ihr Pudel Schwarz.

Tante Paula hatte nämlich einen Pudel, wie ja ältliche Damen, denen das Schicksal einen Ehegatten versagt hat, häufig in irgend einem süßen Vieh Tröstung finden.

Außer Schwarz, dem Pudel, gab es jedoch auch einen Menschen, dem Tante Paula in zärtlicher Liebe zugetan war. Das war Eduard, ihr Neffe, dem sie ihre Würde als Tante verdankte, und der sich dem trügerischen Glauben hingab, Tante Paula sei seine Erbtante.

Daß Schwarz und Eduard sich nicht vertrugen, versteht sich in einer Geschichte, in der eine Erbtante, ein Pudel und ein Neffe eine Rolle spielen, von selbst.

Freilich, wenn Tante Paula dabei war, dann wedelte Schwarz den Eduard scheinheilig an, und Eduard nahm aus jeder Tasche ein Stück Zucker und gab es mit liebevollen Worten dem reizenden Tierchen. Trafen sich aber die beiden in Tante Paulas Abwesenheit, dann erdröhnte das Haus von des Köters bösartigem Gebläff, und seinem markerschütterndem Geheul, wenn ein Fußtritt Eduards ihn an die Schnauze getroffen hatte.

Gingen alle drei miteinander spazieren, so ging Tante Paula, die sich bei einer erstaunlichen Schlankheit einer märchenhaften Länge erfreute, in der Mitte; zu ihrer Linken ging Eduard, zu ihrer Rechten Schwarz, die sich an der unteren Partie Tante Paulas vorbei haßerfüllte Blicke zuwarfen.

Es war der Haß der Eifersucht, den die beiden gegeneinander nährten. Und zwar war Schwarz auf Eduard eifersüchtig, weil er sich durch jedes Stückchen Zucker, das Eduard in seinen Kaffee warf, benachteiligt fühlte, und weil er jeden zärtlichen Blick seiner Herrin, der Eduard traf, als ihm zugehörig betrachtete. Eduard aber blickte weiter in die Zukunft. Er wußte, daß er zwar der einzige Leibeserbe Tante Paulas war, er sah aber ein, daß ihre Liebe zu dem Pudel noch weit größer war als die zu ihm, und daß die gute Tante daher nicht eher die Augen schließen würde, als bis sie auch den

Hund zeitlebens versorgt wüßte. Ja, er fürchtete sogar, daß das Legat, das sie für die Pension Schwarzens aussetzen würde, noch bedeutender sein würde, als das für ihn bestimmte.

Eduard kalkulierte, daß diesem Fürchterlichen nur dadurch vorgebeugt werden könne, daß der Hund vor Tante Paula das Zeitliche segnete. Da aber das Tier noch gesund und rüstig, die Tante dagegen schon runzlich war und bedenklich hüstelte, war es wünschenswert, den Köter baldmöglichst unschädlich zu wissen.

So reifte in Eduard ein schwarzer Plan.

Der tägliche Spaziergang Tante Paulas und ihrer beiden Getreuen führte sie über einen Steg, der ein tiefes Gewässer überbrückte. Hier sollte das Furchtbare vor sich gehen...

Es war ein Sonntagvormittag. Die Sonne spielte mit den Wellen des Bächleins, über den erwähnter Steg führte, Versteck, indem sie sich bald hinter den Wolken verkroch, bald hervorkam, um alles rundum in überquellender Zärtlichkeit zu küssen – kurz: es war eine Stimmung, die ich schildern könnte, wenn ich erstens die Begabung eines Lyrikers und zweitens die Zeit eines Rentiers besäße. Da beides nicht der Fall ist, begnüge ich mich mitzuteilen, daß in diese Stimmung Tante Paula mit den beiden Herzensfreunden würdig gemessenen Schrittes hineintrat.

Eduard gab seiner Freude über das herrliche Wetter und die schöne Gegend in übersprudelnder Lebendigkeit Ausdruck. Er wies die gerührte Tante auf die grünen Abhänge hin, die steil ins Wasser hinabliefen, und zeigte ihr eine Stelle, wo eine große Menge Vergißmeinnicht leicht erreichbar blühten.

Tante Paula flog mit entzücktem Aufschrei darauf zu, ein Stäußlein zu pflücken. Darauf aber hatte der hinterlistige Erbe gewartet. Er versetzte dem Pudel, der bis dahin teilnahmslos nebenher getrottet war, und sich die Zeit mit Fliegenschnappen anmutig vertrieben hatte, hinter Tante Paulas Rücken einen Fußtritt in die Flanke, daß Schwarz laut aufquiekend ins Wasser stürzte.

Beinah wäre Tante Paula vor Schreck dasselbe passiert. Sie vermied es aber, und warf sich lieber dem ungetreuen Eduard zu Füßen, den sie schluchzend anflehte, das arme Vieh zu retten, das heulend herumschwamm und vergebens versuchte die steile Böschung hinaufzuklettern.

Eduard hielt der unglücklichen Tante einen langatmigen Vortrag, in dem er ihr klarzumachen suchte, daß die Rettung des Hundes nur mit eigner Lebensgefahr vollzogen werden könne. Aber Tante Paula hörte nur das Jammergeheul Schwarzens und beschwor ihn nur immer heftiger, das gute Tierchen nicht ertrinken zu lassen. Umsonst.

Da zog sie andere Saiten auf. Sie befahl. Und als das noch nicht half, schrie sie ingrimmig: »So enterbe ich dich, Herzloser!« Das half.

Eduard dachte an Schillers Taucher und war mit einem kühnen Satz im Wasser. Er schwamm auf den Hund los, und als er ihn eben beim Halsband gefaßt hatte – nicht um ihn aus dem Wasser zu ziehen, sondern um ihn das Maul solange unterzutauchen, bis die Luft wegbliebe, da schnappte Schwarz zu, biß ihm tief in die Hand und rettete sich selbst durch einen kühnen Satz hinauf zu Tante Paula, die in ihrer maßlosen Freude, ihr Hündchen wiederzuhaben, nicht bemerkte, wie Neffe Eduard inzwischen verblutete und ertrank.

Als man ihr später die Leiche ins Haus brachte, ließ sie gerührt einen Leichenstein meißeln mit der Aufschrift: »Dem tapferen Retter meines geliebten Hündchens, der sich mir und meinem Pudel zuliebe aufopferte, in Dankbarkeit Tante Paula.«

Schwarz aber ward Universalerbe. Und als er starb, ward aus Tante Paulas Vermögen eine »Eduard-Schwarz-Stiftung zur Rettung Schiffbrüchiger«.

Tante Q.

Ich hab' meine Tante geschlachtet,
Meine Tante war alt und schwach,
Ich hatte bei ihr übernachtet
Und grub in den Kisten, Kasten nach.

Frank Wedekind wird es mir verzeihen, wenn ich ihm vorgreife, und die Geschichte der geschlachteten Tante etwas näher beleuchte. Sie gehört aber unbedingt zu unserer Tanthologie, da auch sie wieder dartut, wie man sich in Erbtanten verrechnen kann. Um indes nicht zu indiskret zu sein, will ich die Heldin dieser Geschichte Tante Q nennen, einmal, weil das so gerade in unser Alphabet paßt, dann auch, weil Q der einzige Buchstabe ist, zu dem der liebe Gott keinen Frauennamen geschaffen hat, un der somit unbefugtes Sichgetroffen-fühlen ausschließt.

Tante Q also war eine Dame, die seit 45 Jahren im dritten Stockwerk eines Hauses in Berlin NW. eine Wohnung bevölkerte, die aus zwei Stuben, Küche und Kammer bestand.

Morgens um 6 Uhr stand Tante Q auf, vermischte etwas Cichorie mit heißem Wasser, trank dies Gemisch als »Kaffee« und begab sich an ihre häuslichen Arbeiten. Diese bestanden im Untersuchen, ob alle Türen gut verschlossen waren, im Nachsehen, ob ihr Geld noch unberührt im dritten Fach ihres eisernen Schrankes lag, im Ausfegen jeder Ecke, ob nicht etwa irgendwo ein Kupferpfennig lag (vor 37 Jahren sollte Tante Q einmal einen unter dem Küchentisch gefunden haben) und im Ausklopfen ihrer Kleider und Möbel, weil niemand wissen konnte, wozu es gut war.

Das alles geschah im Negligé, d.h. in Nachtjacke und Unterrock. Darüber hing eine blaue Schürze, die als Taschentuch Verwendung fand.

Gegen 11 Uhr zog Tante Q sich an. Sie warf sich nämlich über den Unterrock einen schwarzwollenen Überrock, und über die nachtjacke und den darunter gekrümmten Buckel einen roten türkischen Shawl, den sie vorn zusteckte. Auf ihr bißchen grünlichgefärbtes Haar stülpte sie einen Strohhut in Kapotteform mit langen, breiten

Bändern, die sie unter dem wackelnden Kinn zuband, und in die Hand nahm sie einen mächtigen, blauen Regenschirm mit einer sehr großen Holzkrücke und ihr Schlüsselbund.

So ging sie Einkäufe machen, versäumte aber niemals, der Portiersfrau beim Fortgehen einzuschärfen, sie möchte um des Himmels willen niemand zu ihr in die Wohnung lassen, was schon deswegen gar nicht möglich war, weil nicht nur die Entreetür, sondern auch jede Stuben- und Kammertür, jeder Schrank und jedes Schubfach mit komplizierten Kunstschlössern versehen waren, die Tante Q beim Fortgehen sorgfältigst verschloß.

Nun hatte Tante Q einen Neffen, den ich mit Rücksicht auf Frank Wedekind nicht näher bezeichnen will. Jedenfalls war dieser Neffe ein armes Luder und der einzige Verwandte der Tante Q.

Da Tante Q jedoch gar keine Neigung kundtat, krank zu werden, und zum Sterben nicht die geringsten Anstalten traf, lag doch nichts näher, als daß besagter Neffe sich als Schicksal fühlte, ein Messer kaufte und Tante Q damit abschlachtete, nachdem er bei ihr übernachtet hatte.

Letzteres aber hatte er so gemacht. Eines Tages traf er Tante Q, als sie Einkäufe machte. Er bot ihr seinen männlichen Schutz an, und da Tante Q von ihrem leibhaftigen NEffen nichts Böses voraussetzte, bat sie ihn angstvoll und gerührt, ihr seinen Beistand zu leihen. Er ging also mit ihr, und erbot sich in liebevoller Neffentreue auch die Nacht ihr Beschützer zu sein. Tante Q ging ins Garn.

Soll ich nun noch ausführlicher schildern, wie der Mörder sein Opfer massakrierte? Ich fürchte, nervöse Leserinnen könnten sich an der Aufregung Schaden tun, und verweise daher hier nur auf Frank Wedekinds bezügliches Gedicht, das man nachlesen kann in seiner »Fürstin Russalka« sowohl, wie auch in Bierbaums »Brettliedern«.

Was mir aber noch wesentlich erscheint, ist, daß der mörderische Neffe in den Kisten-Kasten außer alten Lumpen nichts als einen Scheck auf 1000 Mark fand. Hier hat Wedekind nämlich dichterisch übertrieben. Als er den Scheck einlösen wollte, stellte es sich erstens heraus, daß er längst verfallen war und zweitens nahm man den armen Jüngling fest.

Der Staat strich das Geld der Tante Q ein. Der Mörder aber wurde auf dem Plötzenseer Gefängnishof hingerichtet.

Das ist die Geschichte von der Tante Q, die so grausig ist, daß ich sie hiermit schleunigst abschüttele und von der Tante Rosa erzähle, was auch sehr interessant ist.

Tante Rosa

Ich muß gestehen, daß es mir etwas unsympathisch ist, von der Erbtante Rosa zu erzählen. Ich bin nämlich ein bißchen Moralist, und diese alte Dame ist ein so niederträchtiger Charakter, daß man am liebsten nichts mit ihr zu tun haben möchte, zumal, da sie noch lebt und man nicht wissen kann, wie sie sich rächt.

Wenn ein junger Mann oder eine junge Dame eine reiche Tante hat, so ist ein bißchen Erbschleichen natürlich ganz berechtigt, wenn es auch, wie aus diesem Bucher ersichtlich, nichts hilft. Tante Rosa aber ist eine ganz nichtswürdige Kreatur; denn sie schleicht ihr eignes Geld erb. Und das ist nicht wenig.

Als sie einige sechzig Jahre alt war, mahm ihre Nichte Thekla, die sich soeben mit einem Weinreisenden verehelicht hatte, sie zu sich ins Haus, – angeblich, damit die alleinstehende alte Dame in liebevoller Pflege sei, in Wahrheit, damit in den Stunden, Tagen und Wochen, wo der Herr Gemahl seinen Geschäftspflichten oblag, unter Mitwirkung der sich aufopfernden Nichte ein Testament zustande käme, das dieser die Ernährung der guten Tante bis an ihr Lebensende zu einer Freude machte.

Zuerst erwies sich die heimtückische Tante durchaus willfährig. Das Testament kam zustande. Als der Weinreisende einmal wieder von einer Geschäftstour heimkam, fiel ihm seine Thekla, die sich immer wahnsinnig nach ihm sehnte und an jedem siebenten Tag (Sonnabend) vor lauter Sehnsucht krank war – manchmal auch wohl zwischendurch einmal –, um den Hals, weinte erst eine ganze Weile, zwang ihn dann, da es doch schon 8 Uhr abends war, gleich zu Bett zu gehen, und fing dann nach den Begrüßungsformalitäten um Mitternacht herum an, mit ihm auf Grund des Testaments, daß die beiden zu alleinigen Erben der drei Millionen, die Tante Rosa besaß, bestimmte, Pläne für die Zukunft zu schmieden. man beschloß, die gute Tante baldmöglichst liebevoll zu Tode zu päppeln, sich dann zur Ruhe zu setzen und sich ganz der Zärtlichkeit zu widmen, um all das nachzuholen, was durch die langen Geschäftsreisen des Gatten versäumt werden mußte.

Ein neues Leben sollte angehen, und als sichz die beiden Liebenden um dieses noch hinreichend bemüht hatten, schliefen sie um die Morgenstunde ein, und erhoben sich erst mittags etwas bleich und angegriffen vom Lager.

Die in dieser denkwürdigen Nacht systematisierte Verpflegung begann, und als sich kurz nachher in Thekla gewisse Anzeichen für ein freudiges Ereignis bemerkbar machten, da wußten die glückseligen Gatten, daß dem Zwecke ihres Systems auch nicht der Ewigkeitswert ermangle.

Tante Rosa wurde dünner und dünner, und als sie nach dreiviertel Jahren den kleinen Bruno aus der Taufe hob – ach pardon! – als sie also ihre Patenpflicht an ihm erfüllte, da sagten die Leute: na, die macht's nicht mehr lange.

Aber, obgleich sie so dürre wurde wie ein Butterblumenstengel, – ans Sterben dachte sie gar nicht. Jahr um Jahr verrann. Der Weinreisende wurde alt und grau. Frau Theklas Reize vergilbten. Aber ihr Mann reiste noch immer in Wein und Spirituosen, und wenn er über den Sonnabend fortblieb, ward sie sehnsuchtskrank wie ehedem.

Der kleine Bruno ward groß. Was es mit der Tante Rosa auf sich hatte, wurde ihm schon in frühen Jahren gelehrt. So hatten seine Eltern eine rechte Freude daran, wenn er die alte Tante ärgerte und plagte, daß sie immer noch dünner und gelber und klappriger wurde. Hatte sie einmal ausnahmsweise einen etwas fetteren Bissen hineingeschoben bekommen, so kam sicher Bruno noch rasch hinzu, um ihn ihr vor der nase wegzuessen. Zu seiner Unterstützung wurde ein Papagei angeschafft, und Bruno und Lore teilten sich nun die Arbeit, indem bald der Vogel schrie, und sich der Knabe, sobald die Tante sich umdrehte, in den Besitz ihres Futternapfes setzte; oder Bruno johlte, und wenn Tante Rosa sich nach ihm umwandte, Lore geflogen kam und den größten Happen vom Teller pickte.

Tante Rosa war bald so dünn geworden, daß sie nicht mehr gehen konnte. Sie saß also in einem ledernen Lehnsessel, troff aus den Augen, aus der Nase und aus dem Mund und duftete gar lieblich nach komprimiertem Achselschweiß.

Nun war aber das Ehepaar, das die Tante in Pflege genommen hatte, asthetisch kultiviert. Ja, Thekla dichtete sogar an den Sonnabenden, wo ihr Mann auf Reisen war, und ein Gedicht, das besonders sehnsüchtig war, stand auch einmal in der »Gesellschaft«. Da war es denn kein Wuder, daß der Anblick, den Tante Rosa bot, die Geräusche, die ihre nase und ihr Unterleib unausgesetzt von sich gaben, und der Duft, der ihr aus allen Poren strömte, den Wunsch, bald in den Besitz der drei Millionen zu gelangen, noch verstärkte.

Und so ließ man sie ma Hungertuch nagen. Sie nagte daran und nagte, – aber es bekam ihr sehr gut. Je dünner sie wurde, umsoweniger von ihrem Körper konnte verfallen, und Geist hatte sie ohnehin so gut wie gar nicht aufzugeben.

Frau Thekla und ihr Mann sind längst tot. Bruno ist ein alter Mann geworden, der durch Tante Rosens Zähigkeit so mürrisch wurde, daß ihn kein Mädchen haben wollte. Daher stirbt das Geschlecht mit ihm aus.

Tante Rosa aber denkt gar nicht ans Sterben. Sie ist so geizig, daß sie ihr Geld auch nach ihrem Tode keinem gönnt. Deshalb will sie solange leben, bis der Kapitalismus überwunden ist. Dann haben ihre Schätze ja keinen Wert mehr.

Tante Rosa sitzt in dem Lehnstuhl, nagt am Hungertuch, trieft, grunzt und stinkt. Ihr Geld aber stinkt nicht.

Tante Sophie

Dr. Friedrich Süßlieb klingelte zum drittenmal, diesmal schon recht energisch, was denn auch den Erfolg hatte, daß er innen erst schleichen hörte und dann wahrnahm, daß sich schlürfende Tritte der Entreetür näherten.

Tante Sophie öffnete, nachdem sie den Schlüssel zweimal umgedreht, und den Riegel zurückgeschoben hatte.

»Schieh mal an, Fritsch,« zischte sie dem Ankömmling aus dem zahnlosen Mund entgegen, »dasch du dich auch mal schehn läscht!«

Friedrich überreichte ihr ein Bouquet und war sehr liebenswürdig, obgleich der Geruch in dem Zimmer, daß sie vorsichtig von innen wieder abschloß, nichts weniger als angenehm war. Überhaupt war es recht ungemütlich hier. Das Sofa und die Stühle waren mit grauem, muffigem Leinen überzogen, als ob die Bewohner des hauses verreist wären. An den Bildern und in den Wandecken hingen dichte Spinnwebe – und auch wenn er Tante Sophie selbst ansah, mußte der korrekte, geschniegelte Dr. Süßlieb sich schütteln.

Von der großen gebogenen Nase hing ein Tropfen herab, der sich jedesmal erneuerte, wenn er am Munde angelangt und dort von der weißgesprenkelten Zunge im Empfang genommen war. Den buckligen, verkümmerten Leib umschloß ein schmutzigbraunes, mehrfach geflicktes und mehrfach zerrissenes Kleid, und die dürre, lange, knochige Hand kratzte mit spitzen, schwarzen Nägeln unausgesetzt auf der rötlichen Glatze herum.

Zum Glück war Tante Sophie schwerhörig, und der liebe Neffe konnte daher zwischen seinen lauten Fragen und Reden, wie es geht, es sei schönes Wetter, seine Frau lasse vielmals grüßen u.s.w., weniger freundliche Selbstgespräche einschalten, wie »verfluchtes altes Weib, ekliger Geizknüppel, wenn du bloß erst krepiert wärst« und was der Liebenswürdigkeiten mehr waren.

In einer Ecke der Stube stand ein verstaubter alter Geldschrank, zu dem beide, Tante und Neffe häufig einen flüchtigen Blick warfen. Es war das Band, das die beiden zusammenhielt – ihre ganze

Angst und Zärtlichkeit, seine ganze Hoffnung konzentrierten sich auf das alte Stück Möbel. – –

Tante Sophie bekam häufiger Besuch. Außer Dr. Friedrich Süßlieb waren es noch drei Neffen und vier Nichten, die sich des üfteren nach ihrem Wohlergehen erkundigten, sehnsüchtige Blicke auf den Geldschrank warfen, und ihr beim Fortgehen gute Gesundheit un langes Leben wünschten. ...

Endlich starb sie. Die Neffen und Nichten fanden sich zur Testamentseröffnung zusammen. Tante Sophies letzter Wille lautete:

>»Ich will nicht, daß sich die lachenden Erben
über meinen Tod freuen. Ich vermache mein Vermögen der Kirchengemeinde von St. Johannes.«

Als die Angehörigen an Tante Sophies Sarg traten, lag über ihrem faltigen Gesicht noch im Tode ein hämisches Grinsen. ...

Ich weiß, daß die Geschichte von der Erbtante Sophie sehr primitiv ist. Aber ich kann doch nichts dafür. man wird mir doch glauben, daß sowas vorkommen kann. Jedenfalls bitte ich die Kritiker, mir die Tante Sophie nicht übel zu nehmen, weil ihr Charakter so primitiv war. Die nächste Geschichte ist dafür um so komplizierter.

Tante Therese

Tante Theresens Lebensgeschichte, soweit sie für uns in Frage kommt, d.h. vom Anfang ihres Endes an, beginnt mit dem Tode ihres Neffen Willy, der jetzt 32 Jahre alt ist, und den ich kennen lernte, nachdem Tante Therese eine Woche lang in der Erde lag.

Willy war als sehr junger Mensch, als Waise der verstorbenen Schwester Tante Theresens und als alleiniger Erbschaftsprätendent der guten Tante in die weite Welt hinausgefahren – nach Wild-Westamerika. Da er eine gute Erziehung genossen hatte, schrieb er der untröstlichen Tante alle 14 Tage eine Ansichtspostkarte, und wenn er sehr nötig Geld brauchte, auch wohl einen Brief.

Aber Tante Therese dachte sich: Man muß so junge Leute nicht verwöhnen. Wenn man sie durch Geldmittel unterstützt, ihren leichtsinnigen Neigungen zu fröhnen – denn wozu sollte ein junger Mann anders Geld haben wollen? – so führt sie das zu Zügellosigkeit und Völlerei, zu der eine nahe Anverwandte und fromme Christin nie und nimmer die hand reichen darf. Da nun diese Erwägungen in Tante Theresens Naturveranlagung, ihre Schätze beisammen zu halten, auf daß Neffe Willy fereinst ein möglichst großes Kapital von ihr ererbe und sie daher um so länger in treuem Angedenken halte, wirksam ergänzt wurden, sah sie den Briefträger allemal lieber Postkarten als Briefe aus Amerika bringen: denn sie hatte ein gutes Herz, das ihr sehr weh tat, wenn sie sich sagte, daß jeder Brief von Willy der Vater einer bitteren Enttäuschung für den armen Jungen sei. Tante Therese weinte also bei jedem Brief Willys eine Zähre, die sie auf eine Postanweisung tröpfeln ließ, die allmählich nur noch aus einem großen, bitteren Fleck bestand, da sie stets die gleiche nahm in dem Entschluße zu helfen, ohne aber jemals daruf zu kommen, daß Entschlüsse bei manchen Leuten mitunter zu Taten führen.

Indessen wütete Willy in Amerika gegen Tante Therese. Er hatte ein Verhältnis mit einer sehr niedlichen kleinen Indianerin, der er für Lebenszeit einen tödlichen Haß gegen alles was Tante heißt in das unverdorbene gelbbraune Herz pflanzte. Je öfter er nichts bekam, um so öfter schrieb er nicht, sodaß allmählich seine Korrespondenz gegen Tante Therese ein Ende nahm.

So verging Jahr über Jahr. Willy ging von Wild-Westamerika nach Wild-Ostafrika – aber Tante Therese wußte nichts davon. Als sie ihr Ende herannahen fühlte, schrieb sie ihm einen zärtlichen Brief, er möchte sich doch mal wieder melden. Aber die kleine Indianerin sickte ihm den Brief nicht nach, erstens, weil sie seine Adresse in Wild-Ostafrika nicht kannte, zweitens, weil er sie verlassen hatte und sich nun doch sicher mit einer kleinen niedlichen Niggerin amüsierte. Der Brief ging also zurück.

Tante Therese weinte daraufhin die Postanweisung ganz voll, machte ein Testament, in dem sie ihr Vermögen dem Missionsverein zur Bekehrung heidnischer Indianer und Neger vermachte, und meldete dem Gericht ihren Neffen Willy als verschollen an. Das forderte ihn bei Strafe der Tot-Erklärung auf, sich zu melden, was er aber nicht tat, weil ihm seine kleine Niggerin gerade ein Paar allerliebste Mulatten-Zwillinge schenkte, und ihm seine verdoppelte Vaterfreude keine Zeit ließ den Deutschen Reichs- und preußischen Staatsanzeiger zu lesen. So machte das Gericht nach einem Jahr seine Drohung wahr – und seitdem war Willy offiziell tot.

Tante Therese, die sich solange noch mühsam aufrecht gehalten hatte, glaubte dies nicht überleben zu dürfen und starb deshalb.

Aber Willy hatte kurz vorher eine Ahnung nach Europa zurückgetrieben. Als er Tante Theresens geradeverblichenen Leichnam sah, rannte er eilends aufs Gericht, um die Erbschaft zu reklamieren. Man bewies ihm jedoch, daß er einige Tage vorher gestorben war, und daß eine Leiche, sei sie noch so lebendig, keinen Anspruch auf Tante Theresens Geld habe.

Ein Bekannter, der von meinem Interesse für Erbtanten gehört hatte, schickte Willy zu mir.

Der Unglückliche kam. Ich konnte ihm natürlich wenig Hoffnung machen. Da ich aber fürchtete, zu große Bemühungen seinerseits könnten vielleicht doch Erfolg haben und dadurch meine Erbtanten-Unsterblichkeits-Theorie umwerfen, gab ich ihm mein bisher gesammeltes Material, das sich in diesem Buche findet, zu lesen.

Natürlich gab Willy daraufhin jeden weiteren Versuch auf, noch etwas von Tante Theresens Geld zu kriegen. Ich aber versprach ihm, damit er wenigstens etwas habe, den Reinertrag der Erbtante Therese, d.h. den fünfundzwanzigsten Teil oder 4% vom Reinertrag dieses Buches.

An den Leser ergeht daher im Interesse meines jetzigen Freundes Willy die dringende Bitte, für recht massenhaften Verkauf meines Erbtanten-Werks wirken zu wollen.

Bin ich nicht ein guter Mensch?

Tante Ursula

Als Sigismund Veilchenstocks Großvater noch an den Klapperstorch glaubte, war Tante Ursula schon ein sorglich gehütetes Erbstück der Familie. Sie mußte unermeßlich reich sein, denn sie war von spanischer Herkunft und höchst wunderlichen Gewohnheiten.

In Toledo war sie geboren, und als sie zur Jungfrau herangeblüht war, da sollten zwei spanische Granden gekommen sein, die um sie warben und sich aus Eifersucht in einem Duell gegenseitig den Garaus machten. Das erzählte man sich von Tante Ursula.

Da ihr Name, ihr Gebaren und ihr Exterieur unverkennbar nach dem semitischen Orient wiesen, nannten die Leute sie ehrfurchtsvoll »die Jüdin von Toledo«. Als aber später auch Sigismund Veilchenstock in die Schar derer eintrat, die das alte Familienstück als immer noch gleich begehrenswerte Erbtante hüteten und hegten, da vervollständigte man den Titel in »die ewige Jüdin von Toledo«.

Dies ist im wesentlichen das, was über Tante Ursulas Personale zu sagen ist.

Betrachten wir sie jetzt selbst.

Ihre Behausung bestand in einer Mansarde im fünften Stock eines Hinterhauses, deren Einrichtung sich aus einem wackelndem Tisch, einem wackelndem Stuhl und einem wackelndem Bett zusammensetzte. Unter der Matratze sollten ihre enormen Schätze verborgen liegen.

Tante Ursulas Kleid, das sie schon anhatte, als Sigismund Veilchenstocks Großvater noch an den Klapperstorch glaubte, trug sämtliche Farben des Regenbogens. Denn die Anzug- und Möbelstoffe all der Neffen und Nichten der zahlreichen Generationen, die der teuren Erbtante aus ihrem Vorrat zur Instandhaltung des Bekleidungsstücks aushalfen, waren von recht mannigfachem Gepräge.

Am linken Fuße trug sie die Reste eines grünen, am rechten die eines rosa Pantoffels; jener hatte ihrem Neffen dritter Generation Konrad, dieser ihrer Nichte vierter Generation Lucia gehört.

Tante Ursulas Gesicht war von gelbgrauer Farbe und in tausend Fältchen zusammengeschrumpft, ihre verkniffenen Augen hatten immer noch einen schlauen Ausdruck und die paar gelbgefärbten Haare, welche ihre Glatze umrahmten, sträubten sich liebevoll, wenn eines ihrer zahllosen Neffen oder Nichten zu ihr in die Kemenate kam.

Und das kam fast jeden Tag vor. Ästhetische Bedenken durften nicht obwalten, denn die Schätze, welche unter der Matratze verborgen lagen, hatten sicher ein angenehmeres Odeur, als dem Besucher beim Eintritt in Tante Ursulas Wohnraum entgegenströmte.

Eines Tages ward Tante Ursula krank. Da lief es in dem Mansardenstübchen den ganzen Tag lang ein und aus. Einer brachte Wein, der andere Wurst, noch einer Schokolade, und eine kleine Nichte sechster Generation brachte sogar ihre Lieblingspuppe, damit Tante Ursula daran Freude und Tröstung habe.

Sigismund Veilchenstock war außer sich vor Glück, daß endlich die Teilung des Geldes der alten Schrulle in naher Aussicht stände.

Wenn er die kranke Erbtante besuchte, bohrten sich seine Blicke durch den morschen Leib der uralten Dame und die filzige Matratze hindurch, und er meinte Tausende von Scheinen zu sehen; und wenn Tante Ursula sich bewegte und ihre hageren Knochen knackten, dann glaubte Sigismund, er höre die Goldmünzen, auf denen sie lag, klimpern.

Tante Ursulas Zustand wurde zusehends erfreulicher, d.h. ihre Kräfte schwanden nach und nach so rapid, daß sie den ihr trostreich zusprechenden Erben, die rieten, doch gar nicht an den Tod zu denken, sie selbst würden den Schmerz unmöglich überleben können, nur noch durch schwaches Grunzen antworten konnte.

Und dann ging es zu Ende. 45 Hinterbleibende hatten sich in dem kleinen Raume zusammengefunden, um dem feierlichen Moment beizuwohnen. Aber viele von ihnen fürchteten noch vor Tante Ursulas letztem Seufzer in der scheußlichen Luft, die in der Kammer herrschte, ersticken zu müssen.

Plötzlich machte Tante Ursula eine Bewegung. Alle Hälse reckten sich. Sie streckte die Beine mit einem Ruck gradeaus und deutete mit der Hand unter sich, an den Körperteil, auf dem sie in gesunden Tagen zu sitzen pflegte.

Die Erben hatten verstanden. Da lag der Schatz.

Jetzt – ein hohles Quieken – ein letztes Schnauben – Tante Ursula hatte vollendet.

90 Hände streckten sich gierig aus, um den Leichnam von seinem Lager zu heben, und nach einem zwanzig Minuten währenden Handgemenge, bei dem es mehrere blutende Nasen gab, trug Sigismund Veilchenstock die tote Tante unter ihr Bett.

Machen wir's kurz: Trotz mehrstündigen Suchens wurden die Millionen nicht gefunden, auf die die Erben so lange gehofft hatten. In der Schublade des Tisches lagen drei Kupferpfennige – an der Stelle aber, auf die Tante Ursula in ihrer Sterbestunde mit dem Finger gedeutet hatte, lagen die Folgen ihrer letzten Mahlzeit.

Die Erben hielten sich dadurch schadlos, daß sie Tante URsulas Leichnam an ein anatomisches Institut veräußerten. Der Ertrag war 22,50 Mark, sodaß jeder der Erben 50 Pfennige erhielt.

Das ist die Geschichte der Erbtante Ursula, der ewigen Jüdin von Toledo.

Tante Vera

Glauben Sie nicht, daß ich sie nur Tante Veera nenne, weil ich einen Namen mit V gebrauche. Ich könnte sie ja ebensogut Tante Violette, Tante Veronika oder Tante Vespasiana nennen. Sie hieß aber wirklich Tante Vera, so wahr Vera »die Wahre« heißt, und so wahr sie das verlogenste, hinterlistigste und gleisnerischste Geschöpf war, das je Unterröcke getragen hat.

Übrigens war sie erst im Tode verlogen, hinterlistig und gleisnerisch. Zu Lebzeiten war Tante Vera eine liebenswürdige, weißhaarige, sehr vermögende Dame, der all ihre Nichten und Neffen sehr zugetan waren. Und gerade darin zeigte sie ihre verstockte Verlogenheit.

Tante Vera führte ein sehr vornehmes Haus. Sie hatte 3 Zimmer, Küche, Bad und alles Zubehör, und hatte fast zu jeder Mahlzeit Besuch. Besonders ihr Nachmittagskaffee war bei den jungen Leuten, die ihren Verkehr bildeten, berühmt.

»Tante Vera,« hieß es »du bist die herrlichste Frau auf Gottes Welt.«

Dann lachte Tante Vera und freute sich, daß sich die Jugend bei ihr wohl fühlte.

Eines Tages aber starb Tante Vera.

Die Trauer ihrer Neffen und Nichten war tief und echt. Denn mit dem Nachmittagskaffee war es jetzt ein für allemal vorbei. Aber dafür stand eine schöne Erbschaft für die Beteiligten in Aussicht. Acht von Tante Veras Getreuen rechneten sich zu diesen Beteiligten.

Tante Vera wurde beerdigt und tags darauf gingen die acht ans Gericht, um ihre Erbschaftsansprüche zu stellen, da Tante Vera kein Testament hinterlassen hatte.

Aber die Tücke des Schicksals offenbarte sich wieder einmal in ihrer ganzen Häßlichkeit.

Der Richter verlangte von den acht Erben einen nachweis, daß sie wirklich die Neffen und Nichten Tante Veras seien.

Daran hatte natürlich keiner von ihnen gedacht.

Seit ihrer frühesten Kindheit hatten sie Tante Vera »Tante Vera« genannt, und nie hatte einer von ihnen gezweifelt, daß Tante Vera nicht auch wirklich eine Tante Vera sei.

Jetzt waren sie aus allen Wolken gerissen. Die Tante Vera hatte sie schimpflich belogen, indem sie sich alle die Jahre lang »Tante« nennen ließ, ohne es zu sein. Die Erben kochten vor Wut, und statt Tränen und Dank folgten Tante Vera Schimpf und Fluch ins Grab.

Eine sehr entfernt verwandte Großcousine aber konnte ihre Verwandtschaft zu Tante Vera nachweisen, und erhielt deren ganzen Nachlaß.

Nachmittagskaffees gab die nicht.

Tante Werra

Tante Werra – ach so, Sie wundern sich, daß auf Tante Vera Tante Werra folgt. – Sie meinen, ich nenne die Dame so, um zu zeigen, daß mir der Name Werra nicht unbekannt ist. Bitte sehr, ich nenne überhaupt nicht; Tante Werra *heißt* Tante Werra – jawohl: heißt! – auch nicht: hieß, sondern heißt; – Sie werden schon sehen.

Eigentlich fängt die Geschichte Tante Werras mit deren seligem Gatten, Onkel Philipp, an – und das soll sie auch.

Onkel Philipp also hatte mit 32 Jahren die damals 21jährige Tante Werra geehelicht: weil sie ein hübsches, freundliches, gebildetes und evangelisches Mädchen war; evangelisch war er nämlich auch. Die übrigen Eigenschaften teilte er nicht, mindestens war er nicht hübsch, sondern häßlich, nicht freundlich, sondern knurrig, – und was die Bildung anlangte, die war man so so. Dafür war er aber schwer reich – von Schwindels wegen – und hatte einen krummen Buckel, einen eingefallenen Bauch und wasserfarbene Triefaugen – kurz, den ungeheuren Vorzug angeborener Lebensschwäche.

Wie lange die beiden miteinander verheiratet waren, will ich nicht verraten, damit es keinem beikommt, etwa Tante Werras Lebensalter nachzurechnen. Nur soviel, daß Onkel Philipp im Alter von 46 jahren starb und Tante Werra als kinderlose Witwe mit einem großen Vermögen, einer Anzahl geldbedürftiger Neffen und Nichten, einem liebessüchtigen Herzen und der Testamentsklausel zurückließ, daß das Geld, das sie von ihm ererbt, an dem Tage zum Bau einer Philippkathedrale Verwendung finden solle, wo es ihr etwa einfiele, wiederum in den heiligen Stand der Ehe zu treten.

Tante Werra sah recht sympathisch aus. Sie trug ein rosageblümtes Tüllkleid, mit einer weißen Schürze davor, hatte blondes, dichtes Haar, volle Backen, weiße, spitze Zähnchen, eine Stupsnase, mittlere Größe, starken Busen und eine Taille von Umfang einer zirka 86jährigen Eiche. Man traute ihrem Manne nicht übermäßig viel Liebeswärme zu – Tante Werra um so mehr, und so verbreitete sich das Gerücht unter uns Neffen – ob unter den Nichten auch kann ich nicht sagen, da wir jungen Männer mit den jungen Mädchen so heikle Dinge nur andeutungsweise berührten, was ja so viel reizvoller ist –, daß ihre eheliche Treue in seliger Selbstvergessenheit zu süßen Irrungen ihre Zuflucht nähme. Ich behaupte jetzt fest und steif: das war eine schimpfliche Verleumdung, denn, wie sich später in Tante Werras Witwenstand ereignete, beweist mir, daß Onkel Philipps Geschlecht, wenn unser Argwohn begründet gewesen wäre, nicht mit ihm ausgestorben wäre. Doch ich will nicht vorgreifen.

Als der teure Onkel bestattet war, tauschte Werra ihr rosa Kleid gegen ein tiefschwarzes ein und lebte 4 Monate lang in keuscher Zurückgezogenheit. Dann tat sie um das schwarze Kleid einen weißen Spitzenkragen, um damit zu dokumentieren, daß sie nur noch halbtraurig war und allmählich sah sie wieder bunt und vergnügt und liebesdurstig aus, und so üppig, als ob die 86jährige Eiche mit der ich ihre Taille zu vergleichen mir erlaubte, inzwischen 90jährig geworden wäre.

Ich will im Bilde bleiben: Die Eiche ward 100-, 120- und 150jährig, und da wir bemerkten, daß Tante Werra häufig nicht allein, sondern in Gesellschaft eines stattlichen Herrn war, so entstand unter uns Neffen bald ein recht unehrerbietiges Gemurmel, und selbst meine Cousinen, die Nichten, wisperten allerlei, wovon sie eigentlich gar nichts hätten wissen dürfen.

Doch – was war weiter dabei? – Verhältnismäßig jung war Tante Werra noch, zur Liebe noch lange nicht zu alt: heiraten durfte sie nicht; warum solle sie nicht, nachdem inzwischen ihr Herr Gemahl über ein Jahr in der Gruft lag, ihren natürlichen Gefühlen Rechnung tragen? – –

Eines Tages verreiste Tante Werra und kam nach 6 Wochen mit so sehr verjüngter Taille zurück, daß höchstens noch der Vergleich mit einer 74jährigen Eiche zulässig wäre. Mit ihr zugleich aber kam eine Spreewälderin mit kariertem, lang herabhängendem Hutband, die auf dem Arm ein Steckkissen trug, in dem ein kugelrundes blondes kleines Baby strampelte.

Von der sittlichen Entrüstung der Neffen und Nichten macht sich kein Meinsch einen Begriff. Wir sagten uns allesamt von der Tante los. Ich allein besuchte sie noch manchmal. Denn für meine Erb-Tanthologie kam mir der Fall sehr gelegen.

Außerdem sagte ich mir: habe ich als Neffe der Tante Werra schon keine Hoffnung mehr, dereinst von Onkel Philipps Hinterlassenschaft zu profitieren, so will ich mir wenigstens die Aussicht nicht verbauen, einmal als Schwiegersohn in so lohnende Rechte zu treten – denn Tante Werras Kleines ist ein Töchterchen.

Aber wann Tante Werra das Zeitliche segnen wird, ist mir jetzt höchst schnuppe. Das hat sie davon.

Tante X

X ist ein Buchstabe, der vornehmlich in der Mathematik eine Rolle spielt. Dort stellt er meistens eine unbekannte Größe dar, die aus den gegebenen Begleiterscheinungen erst gesucht und bestimmt werden muß. Ganz ähnlich verhält es sich mit Tante X, deren Geschichte ich als Beweis dafür erzählen will, daß es auch im Menschenleben solche mathematischen Existenzen gibt, die erst gesucht werden müssen und in denen man sich recht empfindlich verrechnen kann.

Ehe ich anfange, von Tante X zu berichten, muß ich einiges über ihre Nichte Clärchen Meiser vorausschicken.

Diese war ein süßes junges Mädchen von siebzehneinhalb Jahren. Sie hatte prächtiges, silberblondes Flechtenhaar, himmelblaue, schwärmerische Augen, ein allerliebstes Stupsnäschen, und wenn sie erst die große Erbschaft angetreten hätte, wollte sie sich dazu ein violettes Empirekleid machen lassen, so einen richtigen Reformhänger mit weiten halblangen Ärmeln und mit gelbseidenem, eingelegtem Mieder. Sie stellte sich das einfach entzückend vor, und ich glaubte fest, daß es ihr reizend gestanden hätte. Na, und erst Karl – Karl Bohnsack! Der würde doch einfach kopfstehen, wenn er sie in solchem Kleid sähe. Clärchen war nämlich mit Karl Bohnsack verlobt – schon seit einem ganzen Jahre; und wenn sie erst die große Erbschaft bekommen würde, dann wollten sie heiraten. Sie konnten die Zeit dazu natürlich kaum erwarten. Es war auch unangenehm so. Kam Karl abends zu ihr, danns steckten die Leute morgens, wenn er wieder ging, die Köpfe zusammen, und ging sie etwa mal zu ihm, dann war das Getratsch in beiden Häusern, hier, weil sich so ein junges Ding nicht schämte, zu einem jungen Mann ins Schlafzimmer zu gehen, dort, weil sie »schon wieder« nachts nicht zu Hause war. Die dummen Nachbarn wußten sich selbst eben so wenig vorzuwerfen, daß sie sich berufen glaubten, über ein paar junge Menschenkinder, die sich lieb hatten, moralische Verdammungen auszustoßen. Wenn nur die Erbschaft erst da wäre! Das war Clärchens und Karls ganze Sehnsucht. Und kommen mußte sie ja eines Tages.

Als Clärchen vier Jahre alt gewesen, war ihr Vater gestorben, und als sie fünf war, starb auch die Mutter. Da war eine alte Tante gekommen mit langen goldenen Ohrgehängen und einem schwarzen Sammetkleid, die hatte Clärchen auf den Schoß genommen und geküßt und hatte ihr gesagt: »Siehst du, mein Kind, wenn ich einmal sterbe, dann sollst du auch etwas davon haben – dann will ich dir mein ganzes Vermögen hinterlassen.« Nach der Beerdigung war sie wieder abgereist. Die Nachbarsleute aber hatten Clärchen zu sich genommen und sie großgezogen, weil sie gehört hatten, was die alte Tante zu dem Kind gesagt hatte. Wenn sie aber Clärchen fragten, wer die Tante war und wie sie hieß, dann erhielten sie als einzige Antwort »Tante«. So hatten sie die Eltern genannt, und Näheres wußte Clärchen auch nicht über sie.

Jetzt war Clärchen ja ein erwachsenes Mädchen und sagte sich, daß so eine alte Dame doch unmöglich ewig leben könne, und harrte mit ihrem Karl gläubig der Stunde, wo die Todesnachricht und die Erbschaft eintreffen würde. Die Nachricht kam aber nicht, und über dem Harren und Warten riß den beiden Liebenden zuletzt die Geduld. Sie wollten Erkundigungen einziehen über die Erbtante. Aber das war schwierig. Verwandte hatte Clärchen gar nicht, und erst ein gewiegter Advokat stellte nach langer Mühe fest, daß Clärchens Mutter eine Tante gehabt habe, welche vor einigen Jahren nach Amerika ausgewandert war und die mit ihrem Familiennamen Piepenmeier hieß. Der Vornahme war nicht mehr festzustellen.

Jetzt gab Clärchen alles dran, um die rätselhafte Erbtante ausfindig zu machen.

Sie hetzte sämtliche Privatdetektive Amerikas auf sämtliche Piepenmeiers Amerikas, was den Erfolg hatte, daß 24 Tanten Piepenmeier dingfest gemacht wurden. Aber die gesuchte – Tante X – war nicht dabei. Da geschah etwas, was in Clärchen eine große Umwälzung hervorrief und sie veranlaßte, darauf zu dringen, daß Karl sie sofort heiraten sollte. Aber woraufhin? Er hatte kein Geld, und sie hatte noch kein Geld. Wovon sollte er da eine bald dreiköpfige Familie ernähren? - So zog sich die Hochzeit hin, bis das Malheur da war und das unverehelichte Clärchen eines Tages einem kleinen Karl die Brust gab.

Und wie sie das unschuldige Kindchen nun weinend betrachtete und hin und her dachte: Was nun? – da kam plötzlich der Telegraphenbote und überbrachte eine Depesche aus Amerika, in der stand, der Detektiv Schnüffler habe Tante X aufgefunden und sei mit ihr unterwegs nach Deutschland.

Nach vier Wochen kam sie an. Aber o Schreck! Als sie sah, daß sie mittlerweile Urgroßtante geworden war, entrüstete sie sich sittlich und enterbte auf der Stelle ihr einzige Nichte, indem sie ihre Hinterlassenschaft einem Jungfrauenkloster vermachte.

Die freudige Erwartung des erbtantlichen Vermögens aber und die Vaterfreude hatten inzwischen Karl zu einer epochemachenden Erfindung begeistert, die ihm soviel einbrachte, daß er bald sein Clärchen heimführen konnte und ihr auch bei Frau Löscher ein violettes Empirekleid machen ließ mit gelbseidenem eingelegtem Mieder und weiten, halblangen Ärmeln.

Ich persönlich habe aber jetzt ermittelt, wie Tante Piepenmeier mit dem Vornamen hieß, und um der Geschichte von Tante X auch nach dieser Seite hin einen erfreulichen Abschluß zu geben, teile ich es hierdurch der Wahrheit entsprechend mit: Sie hieß – Xenia.

Tante Yvette

Tante Yvette war, wie ja schon der Name besagt, Balletteuse gewesen. Ja, wie man an den zahlreichen Bildern sah, die in ihren Stuben hingen und wie sie selbst gern erzählte – war sie als Balletteuse sehr schön gewesen. Und das ging auch daraus hervor, daß sie reich war, so reich, daß wir sie mit Vergnügen als unsere Erbtante betrachteten. Merkwürdig, wie sich so eine Balletteuse verändern kann! Wie ich sie kannte, hätte Tante Yvette nicht mehr öffentlich tanzen können. Ihre Taille hatte im Laufe der Zeit einen Umfang angenommen, daß sie einem Bierkutscher zu gehören schien, mit dem sie übrigens auch bezüglich ihrer Sympathie für geistige Getränke Ähnlichkeit hatte. Wenn man zu ihr kam und sie die Asthmaanfälle, die sich regelmäßig nach den Empfangsbegrüßungen und Küssen – Tante Yvette küßte noch immer mit großer Inbrunst – einstellten, überstanden hatte, setzte sie ihrem Gast zunächst irgendeinen kräftigen Schnaps vor. Dann rückte sie ihre Armbänder so, daß die prächtigen Steine ihrem Visavis recht frech in die Augen leuchteten, fletschte ihre falschen Zähne und erzählte dann mit viel Lebhaftigkeit dies und das. Manchmal hatte ich den Eindruck, wenn es recht packend war, was sie da von ihren Kolleginnen – natürlich nie von sich selbst – mitzuteilen wußte, als ob ihre blauen glasigen Augen mir ermunternd zuwinkten, und ab und zu sprang auch wohl mal ein Haken ganz unabsichtlich auf, der die himmelblaue Bluse über dem wabblig-fleischigen, weit ins Gemach ragenden Busen zuhielt. Aber die Reize der fünf Dezennien alten Jungfrau waren nicht dazu angetan, mich zu verlocken. Ich Esel! Heute bin ich fest überzeugt davon: Hätte ich damals der Tante Yvette den Gefallen getan, ich wäre nicht der arme Teufel, der auf der steten Flucht vor seinen Gläubigern immer nur pausiert, um neue Schulden zu machen.

Ich habe nur einen Trost. Auch von Tante Yvettes übrigen Neffen ist keiner darauf eingegangen. So ist wenigstens mein Glaube an die Unsterblichkeit der Erbtante unerschüttert geblieben.

Also, um kurz zu Ende zu erzählen. Als ich eines Abends wieder zu ihr kam, saß sie eng an einen jovial aussehenden Herrn gelehnt in einer Ecke ihres Plüschsofas. Sie fuhr ihm mit ihrer kleinen dicken Kaulquabbenhand fortwährend tätschelnd über das rote Gesicht und stellte ihn mir als »einen alten Freund und Kollegen«, Herrn Gustav Heuforker vor.

»Sieh ihn dir nur recht genau an«, meinte sie mit süßlichem Lächeln. Und dann schalkhaft: »Ja, ja, mein Jüngelchen. Herr Heuforker ist dein Onkel. Wir haben uns verlobt.«

Herr Gustav Heuforker ist längst Witwer, geht aber, wie ich höre, wieder auf Freiersfüßen. – Und den Kerl muß ich Onkel nennen!

Tante Zerlinde

Mit Tante Zerlinde ging der letzte Rest meines Glaubens an Erbtanten-Sterblichkeit dahin. Seit ihrem Heimgang bin ich mürrisch, skeptisch, verdrießlich und ungläubig. Sie war die letzte hohe Säule, die noch meine Ehrfurcht vor dem Namen »Erbtante« stützte. Und auch diese Säule stürzte und begrub eines hoffnungsvollen Jünglings, der ich damals war, glühendste Illusion in ihrem Fall. Als ich sieben Jahre alt war, hatte ich Tante Zerlinde in naiver Zutunlichkeit einmal auf 26 geschätzt, und da ich damit ungefähr 30 Jahre zu niedrig griff, so war ich seither der erklärte Liebling der braven Jungfrau. Sie schlug mir keine Bitte aus, sie nahm mich in Schutz, wenn ich von den Eltern Prügel bekam, sie gab mir sogar einmal – von meinen Angehörigen wollte es keiner glauben, als ich es nachher erzählte – 20 Pfennige, daß ich mir dafür Schokolade kaufte, kurz: sie verwöhnte mich in jeder Hinsicht. Als ich größer wurde und einmal den Versuch machte, sie energisch anzupumpen, da gestand sie mir unter Tränen der Rührung, daß sie mir jetzt zwar nichts geben könne – denn sie sei sparsam und halte ihr Geld zusammen, daß sie mich aber zum alleinigen Erben ihres ganzen Geldes eingesetzt habe. Und auf mein Bitten zeigte sie mir das Testament. Es lautete:

»Weil er meine Liebe und Treue nicht anerkannte und mich nicht mit der Achtung und Ehrfurcht behandelte, die ich als Anverwandte beanspruchen durfte, soll mein ganzer Verwandtenkreis, ausgenommen allein mein einziger Neffe Erich von mir enterbt sein. Dieser war mir ein Trost und meines Herzens Kirche, weshalb ich mein ganzes Hab und Gut hiermit ihm zur freien Benutzung vermache.«

Daß hinter meinem Vornamen Erich kein Komma steht, ist kein Druckfehler. Tante Zerlinde hatte es vielmehr unterlassen, eines dort hinzusetzen, und daß ich dies in der Freude des in Aussicht stehenden Kapitals übersah, wurde, wie wir gleich sehen, für meine ganze Zukunft überaus verhängnisvoll.

Ich war im allgemeinen ein sehr vorsichtiger junger Mann. Daher dachte ich gleich an Feuersbrünste, Wassernöte und drgl., die das wertvolle Schriftstück vernichten könnten, und erreichte denn auch durch lebhafte Vorstellungen von Tante Zerlinde das Versprechen, sie werde das Testament tags und nachts bei sich tragen und nie und nimmer bis zu ihrem Ende aus der Hand geben. Und so steckte sie das Papier sogleich in den Schlitz ihrer Taille, die ihre jungfräuliche Wohlbeleibtheit umkleidete.

Es vergingen Wochen und Monate. Eines Tages eröffnete mir Tante Zerlinde, daß sie eine Reise machen wolle, und forderte mich auf mitzukommen. Ich erklärte mich hierzu bereit, überzeugte mich, daß die brave Dame das Testament bei sich hatte, und bald saßen wir im D-Zug. Ich will mich bei der Fahrt nicht lange aufhalten, weil diese an sich mit der Unsterblichkeit der Erbtante nichts zu tun hat, und nur das Wesentliche davon erwähnen, daß nämlich unser Zug gegen einen andern anfuhr und daß Tante Zerlinde hierbei breitgequetscht wurde, während ich mich durch einen kühnen Sprung aus dem Fenster rettete, nachdem ich mich durch einen kühnen Griff in Tante Zerlindes Busen in den Besitz des Testaments gesetzt hatte. Was aber war natürlich, als daß das bejahrte Fräulein, dem nie eine Männerfaust so nahe gekommen war, bei meinem Zugreifen in keuscher Aufwallung aufschrie und entsetzt mit der Hand den angegriffenen Teil ihrer Jungfräulichkeit zu schützten suchte. Daß sie dabei einen Zipfel ihres Testaments erfaßte und abriß, war mein persönliches Pech. Denn als ich sie bitten wollte, die Ecke wieder herauszugeben, lag ich bereits mit verrenkten Gliedern neben den Schienen, und Tante Zerlinde war eine Leiche. Beim Hinsehen gewahrte ich nur noch, wie der Testamentszipfel, der durch die Kraft des Anpralls Feuer gefangen hatte, in ihrer Hand verlohte.

Der Teil des Testaments aber, den ich der unglücklichen Tante in ihrer Sterbestunde entrissen hatte, enthielt nur noch folgende Worte:

> »Weil er meine Liebe und Treue nicht aner
> und der Achtung und Ehrfurcht be
> durfte soll mein
> einziger Neffe Erich von mir enterbt sein. Die
> Herzens Kirche, weshalb ich mein ganzes Hab und Gut
> freien Benutzung vermache.«

Als mir meine Knochen wieder einigermaßen eingerenkt waren, ging ich mit diesem Fetzen ans Gericht. Dort aber glaubte man mir nicht, daß sich der »er« auf den abgerissenen Verwandtenkreis bezog und daß vor dem einzigen Neffen Erich ein »ausgenommen« stand. Denn sonst hätte hinter dem Erich unbedingt ein Komma stehen müssen. Was half s! Die Verwaltung der »Jesu-Herzens-Kirche« kam und strich das ganze Vermögen der guten Tante Zerlinde ein, obgleich zwischen »Herzens« und »Kirche« kein Bindestrich stand.

Den Rest meines eignen Vermögens verlor ich in zahllosen Prozessen gegen die erbschleicherische Kirche zugleich mit dem Rest meiner einst so großen Sympathie für die Erbtanten.

Und sogar die Interpunktionszeichen habe ich seitdem auf dem Strich.

Nekrolog

So ruht denn sanft! – und Friede eurer Asche! –
Ihr Teuren! Werde euch die Erde leicht!
Wir trugen Sorge, daß euch nicht die rasche
Vergessenheit in eurem Grab erreicht.
Ein jeder müht sich, ob er nicht erhasche
Ein Stück Erinnern, wenn das Leben weicht. -
Ihr mögt beruhigt unterm Erdreich modern:
An euch wird ewig das Gedenken lodern.

Einst priesen wir euch als Beerbungs-Tanten
Und harrten eures Todes hochbeglückt.
Doch wenn ihr starbt, und wir dann entbrannten
In Jubel, überschwenglich und entzückt,
Dann nahte die Enttäuschung. Wir erkannten,
Daß allzufrühes Hoffen nicht erquickt, –
Und uns blieb nichts, als einzig die Erkenntnis:
Erbtanten sind ein Trugbild der Verblendnis.

Und dies Erkennen war uns ein Erlebnis
Und eines neuen Schaffens tiefer Grund,
Wovon dies Buch jetzt vorliegt als Ergebnis:
Geliebte Tanten, prüft denn den Befund!
Von eurem Leben, Sterben und Begräbnis
Tun wir darin der späten Nachwelt kund.
Und wart ihr auch ein Trugschluß unbeerblich –
Wir machten euch, so macht uns auch unsterblich!

 tredition®

Über tredition

Eigenes Buch veröffentlichen

tredition wurde 2006 in Hamburg gegründet und hat seither mehrere tausend Buchtitel veröffentlicht. Autoren veröffentlichen in wenigen leichten Schritten gedruckte Bücher, e-Books und audio-
Books. tredition hat das Ziel, die beste und fairste Veröffentli-
chungsmöglichkeit für Autoren zu bieten.

tredition wurde mit der Erkenntnis gegründet, dass nur etwa jedes
200. bei Verlagen eingereichte Manuskript veröffentlicht wird. Dabei hat jedes Buch seinen Markt, also seine Leser. tredition sorgt
dafür, dass für jedes Buch die Leserschaft auch erreicht wird.

Im einzigartigen Literatur-Netzwerk von tredition bieten zahlreiche
Literatur-Partner (das sind Lektoren, Übersetzer, Hörbuchsprecher
und Illustratoren) ihre Dienstleistung an, um Manuskripte zu ver-
bessern oder die Vielfalt zu erhöhen. Autoren vereinbaren direkt
mit den Literatur-Partnern die Konditionen ihrer Zusammenarbeit
und partizipieren gemeinsam am Erfolg des Buches.

Das gesamte Verlagsprogramm von tredition ist bei allen stationä-
ren Buchhandlungen und Online-Buchhändlern wie z. B. Amazon
erhältlich. e-Books stehen bei den führenden Online-Portalen (z. B.
iBookstore von Apple oder Kindle von Amazon) zum Verkauf.

Einfach leicht ein Buch veröffentlichen: **www.tredition.de**

Eigene Buchreihe oder eigenen Verlag gründen

Seit 2009 bietet tredition sein Verlagskonzept auch als sogenanntes "White-Label" an. Das bedeutet, dass andere Unternehmen, Institutionen und Personen risikofrei und unkompliziert selbst zum Herausgeber von Büchern und Buchreihen unter eigener Marke werden können. tredition übernimmt dabei das komplette Herstellungs- und Distributionsrisiko.

Zahlreiche Zeitschriften-, Zeitungs- und Buchverlage, Universitäten, Forschungseinrichtungen u.v.m. nutzen diese Dienstleistung von tredition, um unter eigener Marke ohne Risiko Bücher zu verlegen.

Alle Informationen im Internet: **www.tredition.de/fuer-verlage**

tredition wurde mit mehreren Innovationspreisen ausgezeichnet, u. a. mit dem Webfuture Award und dem Innovationspreis der Buch Digitale.

tredition ist Mitglied im Börsenverein des Deutschen Buchhandels.

Dieses Werk elektronisch lesen

Dieses Werk ist Teil der Gutenberg-DE Edition DVD. Diese enthält das komplette Archiv des Projekt Gutenberg-DE. Die DVD ist im Internet erhältlich auf **http://gutenbergshop.abc.de**

Zeitfracht Medien GmbH
Ferdinand-Jühlke-Straße 7
99095 Erfurt, Deutschland
produktsicherheit@kolibri360.de